女の文箱《ふばこ》

わたしの句読点

まえがき

「テンは抑制で、マルには祈願が、改行には希望の息づかいが込められています」。エッセイストの熊谷幸子さんが書いた『手紙の向こう岸』という本の中にある一節です。

テン「、」は読点、マル「。」は句点のこと。わたしたちが文章を書くときは、文法に従って機械的に句読点を打ち、行替えしていることが多いと思います。冒頭の言葉は、句読点には単なる点や丸を超えて、深い意味があることを教えてくれます。

河北新報のくらし面に載る女性限定の投稿欄「ティータイム」は、1961年のスタートから50年以上も続く人気のコーナーです。新聞が届いたら、真っ先に読むというファンの方が多くいると聞きます。親子3代にわたっての投稿者もいます（本書にも親子そろって掲載された方がおります）。新たな書き手が次々と育っているのが、長寿の秘密でしょうか。投稿者同士の交流の場ともなっているようです。

500字前後の限られたスペースの中で、いかに自分の気持ちを表現するか。点を打ち、丸をつけることによって、感情を抑えたり、高めたりする。そんな筆者の思いが、ひしひしと伝わってきます。紙の上につづられる言葉が、瞬時に消える話し言葉より力を持つのは、こんなことによるのでしょう。

「ティータイム」は以前、『女の文箱《ふばこ》』の書名で第6集まで出版されました。今回、装いも新たに『女の文箱　わたしの句読点』のタイトルで13年ぶりに出版することになりました。

東日本大震災後の2年間に掲載された約1400編の中から、253編を選んで紹介しています。当時8歳の小学生から、94歳の女性まで。年齢はもとより、住まいも職業もさまざまです。今回の出版に当たり、執筆者の皆さんに連絡を取ったところ、住所が変わっていた人がかなりの数に上りました。そのうちの多くが、震災により転居を余儀なくされた方々だと思われます。渋谷陽子さん（2011年5月11日）は現在、鹿児島県奄美市で避難生活を送っています。

家族への思いや子育ての悩み、友との交わり、初恋の思い出…。内容もバラエティーに富んでいます。震災の悲しみやつらさを乗り越え、夢や希望を持って生きる東北の女性たちの思いが、ぎゅっと詰まっています。

涙なくしては読めない文章もあれば、思わず笑みがこぼれる話もあります。仕事の合間などにできたお茶の時間（ティータイム）、ページを開いてみませんか。

目次

1本のろうそく

（2011年　春）

つなみで家を失って

伊藤さよ子（仙台市宮城野区・小学2年　8歳）

あの、じしんがおきるまえ、わたしは学校で、おそうじをしていました。

あと1分ぐらいでおわりそうなとき、じしんがおきました。

みんなは、ガタッと、でんきがおちた音にふるえていました。

わたしと女の子ぜんいんは、ないていました。

先生は大声で、「みんな、つくえの下にかくれなさい」

と、言っていました。それから外にひなんしました。

ママやパパがむかえに来て、こうちょう先生が、

「あと、7分でつなみがきます。おくじょう（屋上）に早く、ひなんしてください」

と言うのを聞いて、みんなおくじょうにひなんしました。

つなみが、がもう（宮城野区蒲生）から西原まで、たくさんの家をつつんでいきました。

わたしの家はいっしゅんで、ながされていきました。

とてもくやしい気もちでそのときはいっぱいでした。

もう、こんなことが、ないようにねがっています！

みんなも、がんばろう。


（2011・4・11）

ビオラ

佐伯良子（宮城県丸森町・主婦 67歳）

照明の消えた数日間、昼夜を通してラジオを付けっぱなしにしておいた。刻々と入ってくる震災ニュースに、胸が締め付けられる。家は残ったが、頻繁に来る余震が怖くて服を着たまま、寝起きしていた。

昼下がり、速報がプッツリと切れて、弦楽器の曲が流れてきた。バイオリンにしては音色が低いし、もしやこの音域の豊かな幅の広さは、ビオラの音色じゃないかしら？　普段は縁遠い調べなのに、磁石に引かれるように、耳をそばだてた。馬の尾毛を張った弓で4本の弦をこすっているだけなのに、閉じこめていた私の感情の「水門」に向かって、大きく強く途切れることなく音色が波打ってくる。

無慈悲な津波が引き離した父、母、子の名を呼ぶ人たちと、がれきに埋もれて身動きの取れない人たちの姿が見えてきた。寒くて、痛いと助けを求める人たちの声が聞こえてきた。私の水門が決壊した。

我慢もこれまで。私はただ、なすすべもなく、背を丸めて崩れ落ちる。幾筋もの涙の川を作るだけか。遠くから、祈りで被災者の皆さんに寄り添うだけか。あっ、見えます、見えます！　生死をかけて被災地の現場で働いてくれている大勢の皆さん方が。決して目を離さずに、見守り続けております。

（2011・4・13）

大切な友へ

沢村柳子（仙台市太白区・主婦　62歳）

久美子さん、シニアタレントの研究生として私たちが出会ってちょうど1年になりますね。あなたはとても若々しく、お孫さんが3人もいると知ってびっくりしました。お弁当を作ってくれる優しい旦那様の話もしてくれましたね。

レッスンの後は皆と決まって食事をし、楽しかったね。あなたは原町（南相馬市）から遠路をものともせず、週1回仙台に通いました。仙台にはすてきなお店がたくさんある、と笑顔で話すのを聞くと、私までうれしくなりました。

昨年末、あなたは黒髪を柔らかなえんじ色に染め、ふんわりパーマを掛けました。それが色白のお顔によく似合い、先生も私たちもその美しさに魅了されたものです。まるでフランスの女優さんみたいでした。おうちを建て替えたので「暖かくなったら、みんなで来てね」と言ってくれましたね。春になるのをとても楽しみにしていたのですよ。

地震後、携帯が通じません。原発事故で避難所でしょうか。3月末、再度掛けると「この番号は使われていない」とのこと。胸騒ぎがしました。直後、あなたが亡くなられたと知りました。ご主人も一緒でした。

久美子さん、ご縁があって巡り会えた私の大切な友です。もう一度会いたいです。

（2011・4・13）

夫の涙

斎藤久美子（仙台宮城野区・公務員 43歳）

消防士の夫は非番で在宅中に被災した。小学生の2人の娘を案じて即座に学校に行き、安全を確保した後、10キロ離れた職場に自転車で向かった。私は勤務先の保育所の子どもたちの安全を確保し非常食の確認をした後、退勤。帰路を急いだ。

玄関に着き、大きな声で子どもの名を叫んだ。返事がない。頭の中が真っ白になった。次の瞬間、中から硬い表情の夫が出てきた。「子どもたちは荷物を持ってコミュニティーセンターに避難している。自分は今から職場に向かう」と言い渡された。コミセンで子どもの無事を確認し、その場にへたり込んだ。

その後何度も続く余震。暗闇のラジオからは想像を絶する被害状況が伝えられる。夫が子どもに持たせたバッグからは魔法のようにさまざまな物が出てきた。毛布、ラジオ、電灯、水…。よくここまで用意したものだと涙が出た。そして、「家族は私が守る。お父さんは皆さんのために働いてください」と決意した。

1週間後、少しだけ帰宅した夫は再び出勤していった。そして3週間たった夜、ゆっくり夕飯を食べながらテレビの画像を見ている最中に、夫の目から涙があふれた。「泣かないと決めていたのに」。一切仕事の話はしない夫だが、震災を振り返り黙って泣いていた。

（2011・4・16）

道しるべ

大葉裕子（宮城県利府町・主婦　69歳）

携帯ラジオからのアナウンサーの声だけが頼りの真っ暗な3月11日の夜、余震の恐怖に震えながら、いつでも外に出られるように服を着たまま、ずっと空を見ていた。何でこんなに星がキラキラときれいに輝いているんだろう、こんな大きな災害のあった夜なのに。私の目から涙があふれた。

ラジオからは、あと何時間で夜が明けます、頑張りましょうという声が何度も流れて、勇気づけられた。そうだ、もうすぐ夜が明けるのだと自分に言い聞かせ、3晩目に電気が付いた時は思わず万歳をした。テレビを付けると映し出された被害の大きさには声もなく、ふと、あの夜の星空は亡き人が道に迷わず天国へ行けるようにと導く明かりだったのではないかと思った。

何事もなく生きていられる幸せを考えた。水をくみに2時間並び、食料品を求めて3時間。膝の痛みもいつしか忘れ、命があっただけ幸せ、不足は言うまいと夫婦で頑張った。ご近所の皆さんに支えられてどうにか今日まで乗り切ることができた。

私の記憶に一生残るであろうあの夜の星の美しさ。そして高校2年の孫が言った一言、「今まで当たり前だと思っていたことがいかに大切なことだったか、今度のことで分かったよ…」と。

（2011・4・17）

悼む

遠藤ハチヱ　（仙台市青葉区・主婦　74歳）

３月31日、娘が電話で「佐藤忠良さん、亡くなったね」と言ってきた。夕刻、旧友からも電話。やはり忠良さんの死を悼むものだった。30年以上も前に台原森林公園の彫刻「緑の風」を見るために高い階段を駆け上がったことが懐かしく思い出された。

忠良さんは「芸術は人生の必要無駄」と言われたそうだが、その無駄なものが今の私たちに何と大きな心の安らぎを与えてくれていることだろう。眠れない夜、ラジオ深夜便から昭和歌謡が流れてきた。美しいメロディーが、地震、津波、原発の三重の苦しみをそっと優しく包んでくれた。

私たちは未曽有の天災に遭遇し、大勢の人々がその渦中にある。が、私が小学３年の時の敗戦、日本全土の苦しみを思い返してみよう。父母兄姉の世代がその困難に立ち向かい、何年も何十年も掛かって今日の日本を築いてくれたのだ。

今、戦争を知らない若い人たちが先頭に立って、地域復興へ立ち上がっている。家族を、家を、職場を失った悲しみは容易には癒えることはないが、国民みんなが応援している。遠い道のりだが歩いていこう。このたびの犠牲になられました方々、天寿を全うされた忠良さん。共にご冥福をお祈り申し上げます。合掌。

（２０１１・４・19）

つぼみのごとく

佐藤朋子（仙台市若林区・主婦 44歳）

3月11日は長男の20歳の誕生日。翌日は中学生の長女の卒業式。節目と意識していたこの日が、まさか未曽有の大震災の日となろうとは…。

幸い無事に帰ってきた家族や親戚と、庭のビニールハウスで夜を過ごした。ラジオから流れてくる被害の大きさと、ひっきりなしに来る余震。どうなっていくのだろう。不安で眠れない夜。そして迎えた朝。朝が来るということが、こんなにも幸せなことだったのだと身に染みた。

明るくなった空を見上げると、庭の梅の木が大きなつぼみを付けていた。本当なら今日、ここで娘の制服姿の記念写真を撮るつもりだった。誰もがもう花どころではない。これから見えてくる現実も決して花をめでる状況にない。だからこそ、この大きくふくらんだつぼみの姿を覚えていよう。厳しい冬に耐え、やがて花を咲かせようとじっと待つつぼみのごとく今を生きよう。

今、庭の梅の木は満開だ。

余力も知識もない私は、誰かを喜ばせたり役に立つことなど、ないかもしれない。それでも、自分なりに花を咲かすことに懸命でありたい。いつか安心できる未来がきた時には、思い切り泣きたい。泣かずに頑張っている人や、泣くこともできずに逝ってしまった人の分まで。だから今は、とりあえずつぼみのごとく。

（2011・4・24）

つながり

石川貞子（仙台市宮城野区・無職　85歳）

足が悪くて、施設に入居している。突然の大地震、大津波で東日本太平洋岸は壊滅的な被害を受け、水道・電気・ガスは一瞬のうちに止まってしまった。施設の職員は不眠不休で介護のほかに物資の調達や後片付けに動き回り、入居者の安全に努めてくれた。おかげで全員無事。笑顔が戻り感謝、感謝だ。

ようやく電話が通じるようになったころ､安否を気遣う友人や教え子から電話やはがきが来た。中には｢施設内で必要な物があったら、遠慮なく申しつけください」というものもあり、元気づけられた。こうしてみんな心がつながっているんだと、うれしい思いでいっぱいだ。

落ち着いてくると70年も前に一緒に学んだ石巻、松島、亘理在住の友人たちが気になり、その一人に電話し情報を知ることができた。これがきっかけで次々と輪が広がり、みんな無事であることが分かった。何年たっても心のつながりが続いていることをあらためて思った。

日本人は昔から、心のつながりを大切に生きてきた。こんな時こそみんなでつながり、支え合い助け合うことが大事だ。くじけずに、温かい心を分かち合いながら、復興に向かって頑張りましょう。今の私には何もしてあげられなくてごめんなさい。でも、心の応援はできます。

（2011・4・29）

妹へ

橋浦由紀子（名取市・専門学校生 32歳）

桜が咲く季節ですね。あなたが亡くなり1カ月あまり過ぎました。1年前、直人はまだあなたのおなかの中にいて、「来年はこの子にも庭の桜の花を見せられるね」と幸せそうに話していたことを思い出します。樹齢40年以上にもなる桜の大木でしたが、あの大津波で根こそぎ流されて、跡形もなくなってしまいましたよ。7月には、育児休暇を終えて仕事に復帰する予定でしたね。

閖上の実家が大好きで、猫の梅とにゃおん、犬のヴィンスに会いによく来ていましたね。直人もあなたに似て動物が大好きで、手を伸ばして触れるようになったばかりでした。

私は、おばとして直人と動物たちの関係の変化と成長を、楽しみにしていました。天国で、みんな仲良く暮らしていますか？　ばあちゃんは、ひ孫の直人が生まれてから、元気に遊び相手になってくれましたね。大好きな梅、ヴィンス、ばあちゃんそして直人と、一緒に逝けたことが唯一の救いです。閖上の隣近所の方々とも、仲良く過ごしていますか？　明るくて人なつこいあなたのこと、皆と楽しくやっていますね。

お姉ちゃんは、由里子がアドバイスしてくれた理学療法士の道を貫いていきます。立派な理学療法士になれるように、一生懸命勉強しますよ。見守っていてくださいね。

（2011・4・30）

誕生日の翌日

佐藤恵　（東松島市・主婦 36歳）

3月10日は私の誕生日。夫と2歳半の娘とお祝いをした。おなかには二人目がおり、喜びでいっぱいだった。そして、悪夢のような翌日。

東松島市内で地震に遭った私と娘は、自宅へ向かった。野蒜小付近で津波が迫っていることを知り、車を乗り捨て、娘を抱え山へと走った。振り返ると数十メートル後ろに波が見えた。

身重の体で娘を抱えて走るのはきつく、半泣きで「誰か、助けてください！」と叫んだ。その時、「乗ってください！」と幼稚園バスから身を乗り出した先生に声を掛けられた。

バスは送迎中だった。送り届けてきた園児もおり、先生方は心配していた。車中の子どもたちは、まだ親御さんと会えていないため、泣きだす子も。声を掛けてくださった先生も、自宅が流されたことを知り外で泣いていた。それでも車内に戻ると笑顔で園児たちを励まし続けていた。

私は娘一人を守るので精いっぱいだというのに、先生方の行動はさすがとしか言いようがなかった。

私たち家族は全員無事だったが、園児の皆さんや先生方とご家族の安否を思うと胸が締め付けられる。

助かった命。この経験は娘と生まれてくる子に語り継ぎたい。また、先生方のように強く優しい心で子どもに接したい。助けていただき本当にありがとうございました。

（2011・5・2）

涙の星

鵜沢信子（仙台市青葉区・主婦 65歳）

以前私は、旅行中降り立った新潟駅で地震に遭遇した。列車の中から、石油タンクが燃え続ける光景を震えながら見た。その後、宮城県沖地震を経験。怖さが染みこんでいて、地震になるとすぐ逃げ場を探す。そんな私を主人と娘たちはよく笑っていた。そして今回の地震。窓ガラスのビシッ、ビシッと割れそうな音、大きく揺れるテレビ、恐怖の時を主人と二人、テーブルの下で過ごした。

給水のため1時間並ぶ。各地での災害の時に、給水を待っている人を気の毒と思って見ていた。今自分たちがその立場にある現実。いてつく早朝5時から4時間、主人と交代しながらスーパーの店先に並ぶ。足踏みしていないと冷たくて足が動かなくなりそうだった。

こういう状態がいつまで続くのか、先のことを考えると不安になった。テレビが見られるようになったのは震災4日後。次々流れる悲惨な画面に絶句する。また、新聞に掲載される各地からの温かいメッセージに胸が熱くなり、避難所で暮らしながらたくましく立ち上がろうとしている人たちの声に感動する。

地震後、悲しくなるほどきれいな星空を何度か見た。その輝きが無残に命を奪われた多くの人たちの悔し涙のような気がして切なくなった。

（2011・5・4）

祈りの呪文

渋谷陽子（宮城県亘理町・無職　32歳）

あの震災の日、亘理町（宮城県）の荒浜小に避難した。その夜のことだった。ひっきりなしに続く余震のたびに、92歳の祖母が何かつぶやいているのに気がついた。手を合わせ「マンズロク、マンズロク」と繰り返す。

「それ、なんですか？」と聞くと、地震の揺れが収まるおまじないなのだそうだ。荒浜に嫁いで3年もたたない私はもちろん、しゅうとめでさえも初めて聞く言葉だそうだ。

耳を澄ますと暗い教室の中からも、揺れが来るたびに同じ呪文がかすかに聞こえてくる。荒浜に伝わる言葉なのか、祖母の実家である槻木（宮城県柴田町）のものなのか、どういった出自の言葉なのかは分からないが、余震が来るたびに私も同じように唱えるようになった。

震災後、娘を出産した。娘が大きくなったらこの言葉を教えようと思う。

この大震災が起こらなかったら、おそらく私に引き継がれることはなかっただろう祈りの言葉を唱えるのは、少し複雑だ。それでも、予兆の地鳴りや緊急地震速報を聞くと反射的に呪文は始まる。

どうか、どうか、早く揺れが収まりますように。早く平穏な暮らしに戻れますように。マンズロク、マンズロク、マンズロク…。

（2011・5・11）

1本のろうそく

丸山裕子（仙台市青葉区・自営業手伝い 35歳）

テレビのインタビューで福島県の方がこうおっしゃいました。「ろうそくが1本あればいい。家族がそばにいればいい」

ところが、私たちの身の回りには相も変わらず電化製品があふれています。近年、電気を使って情報を得ることが当たり前の世の中になってしまいました。私自身、友達とメールを交わし、ツイッターや携帯サイトを眺めています。つい10年前には、こんな道具がなくても生きていけたのに…。

震災から2日目の夜、1本のろうそくを家族で囲み、「早く電気がつくといいね」と、話していました。今思えば、あの瞬間が一番幸せな生活の一こまだったのだと、インタビューを見て、あらためて気付かされました。

ろうそく生活を続けられるかと問われても、悲しいかな、それはできません。せめて、原子力発電に代わるエネルギーが見つかるまで、必要のない電化製品はなるべく遠ざけ、節電に努めようと思っています。

企業や研究者の方々にお願いがあります。これ以上、便利な生活はいりません。安心をください。もう原発はたくさんです。

どうか一日も早く、福島に平穏な日々が訪れますように。

（2011・5・12）

奇跡的に

山崎清美（東松島市・主婦　53歳）

こんなに美しい夜空を見たのは初めてのことだった。それは津波で流されたがれきの上で見た星だった。長く強い地震で外に逃げた母と私。そこに叔父とお隣の方、4人で立ちすくんでいた。鳥の大群のすさまじい鳴き声が聞こえ、ゴオーッという音、はるか遠くに波頭が見えた。私は「津波だ！2階に上がって！」と叫び、上がったとたんバリバリという恐ろしい音と共に、まるで船に乗っているように流された。

気が付いた時には天井が覆い被さり身動きできなかったが、どうにか体が抜けた。叔父も抜け出したが、母はがれきに挟まれて「苦しい！死にでぇ！」とうめき声を上げる。私と叔父は必死でがれきをどかそうとしたがなすすべがなかった。

その近くの2階にいた方が、がれきと流れ着いた屋根伝いに、のこぎりを持って来てくれた。そして母は助かった。命の恩人だ。母は舌をかんで死のうと思ったほどだったという。お隣の方の姿はなかった。私たちは川向かいのがれきの上だった。こんなところまでと、信じられなかった。

夜明けを待って3人でヘドロの中を歩いた。歩きながら見た光景は、この世のものとは思えなかった。助かったのは奇跡的だ。多くの方が亡くなった。まだ現実とは思えない。

（2011・5・13）

絆

村松てい子（宮城県南三陸町・主婦 77歳）

「津波が来ても4階は避難場所だし、病院の人たちが大勢いるから大丈夫。あんだは家に帰っても一人だから直接、新井田（山手にある私の実家で今回は津波で全滅）に行くように。ホラ、ホラ早く」と、せかされて別れたのが主人の最後の言葉となり、病室を出た私との永遠の別れになった。

入院中も自分のことより、私の身を案じて「疲れるから毎日来なくていい」と言ったり、帰りのバスに遅れないよう急がせたり。行方不明の主人を思う度、なぜあの時病室に残らなかったかという自責の念と、個室ゆえ見落とされたのではないかという思いに胸が張り裂けそうだ。

南三陸町の新聞記事を見る度、知人に声を掛けられる度に、涙がこみ上げる。遠く離れ住むいとこや姉妹たちの励ましの言葉や心遣いの数々には、ただただ頭が下がる。

津波は、たった一枚の写真すら残さず、すべての思い出の品を家と共に奪っていった。二度と書くことのない手記が、主人との残された思い出、絆の一つになるようにと願い、文章にしながら泣いている。

「頑張ろう」と励ましてくださる皆さまには申し訳ないけれど、どうぞもう少し時間をください。きっと皆さまの励ましに応える日が来ると思いますので。

（2011・5・17）

砂時計

藤島弘子　（盛岡市・主婦　51歳）

久しぶりに紅茶のおいしい喫茶店を訪れた。ショッピングセンターの一角に位置する店は、たくさんの買い物客でにぎわう周りとは裏腹に、ひっそりと静かなたたずまいである。足早に行き来する人々を眺めつつ、一人静かな時を過ごした。

注文すると、よく温められたティーポットのそばに置かれているのは砂時計。深い色合いの青い砂が、白く縁取られたガラス容器のきらめきと相まって、目に鮮やかである。お茶が仕上がるまでの数分間、一定の速度を保ちながら、ひっそりと滑り落ちていく青い砂を見つめた。

カップに紅茶をそっと注ぎ込むと、ほのかに漂う芳しい香り。私はお気に入りのダージリンを、シフォンケーキと共に楽しんだ。ケーキに添えられた泡雪のような生クリームの柔らかな口当たりも心地よい。

砂時計の砂を見つめながら待つひとときは、日常の慌ただしさを忘れる、穏やかな時間。ほんのわずかの間なのに、とてもゆったりした気持ちになる。中学生のころ、ファンシーショップに飾られていた色とりどりの砂時計を懐かしく思い出した。

タイマーに頼りがちな忙しい日々。涼やかな青い砂と出合い、心がほっこりと温かくなった。おいしいお茶をいただくまでの緩やかな時間を、砂時計に委ねるのも悪くない。

（2011・5・28）

カーネーション

丹野真知子　（名取市・農業　53歳）

5月の第2日曜日、それは母の日、カーネーションの日です。私の住む名取市閖上地区は古くは漁業の町として栄え、今は水産業で海の恩恵を受けています。また、仙台東部道路を挟み、約20軒の農家がカーネーション栽培を生業としています。

毎年、母の日を境に植え替えをし、今出荷している花は、昨年の5～7月に定植したものです。あの夏の猛暑の影響で初期生育が悪く、株立ちも少なく、秋口からの出荷も1カ月以上遅れ、11月からとなりました。年明けの寒波で燃料費もかさみ、やっと3月の卒業、彼岸の需要期に出荷できると期待していた時の大震災でした。

大津波で町は壊滅的な状態となり、東部道路東側では、住居はもちろん温室もがれきで埋もれてしまいました。がれきの中、花首まで泥につかりながらも競うように咲き続けるカーネーションに、涙が止まりませんでした。

西側の私の家は、浸水は免れたものの、停電で暖房も止まり、生育・品質とも低下してしまいましたが市場への出荷は続けています。

猛暑、厳冬、大震災の三重苦を乗り越えたことしのカーネーション。美しく凜（りん）として咲いています。花屋さんで見かけましたら「頑張ったね」と声を掛けて下さい。

（2011・5・29）

パパはヒーロー

菅原節子（大崎市・主婦　67歳）

３月11日。あの日から電気、ガス、水道は止まり、ろうそくの明かりや卓上コンロ、給水車頼みの忍耐と我慢の日々が続いた。

私と主人は小雪のちらつく肌寒い朝、１００人近い長い行列に並び、暗い表情で黙って給水の順番を待っていた。誰かと普通に話をと思っても、なんだかつらくてひもじい。そのうち主人は、家の鍵をかけ忘れたことに気付き、ポリタンクを私に預けて戻ってしまった。

近くに並んでいた高齢の男性二人が何かの弾みからか、口げんかを始め、押したり押されたりしている。これは大変。みんなストレスでイライラしているのだろう。周りの人は「やめて、やめて」という表情で目で合図しているけれど、女性が多いせいか止める人はいない。

その時、後ろから若い父親と双子の男の子が走ってきた。父親は男性二人の間に入り、両方の話を静かに聞き、肩をたたきながら握手をさせ、ニコッと笑顔を見せた。その二人も頭をかきながら笑い始めた。とても和やかに事が収まり安心したので、私たちも「ありがとう、ご苦労さま」とお礼を言った。男の子たちはその様子を見ていて、パチパチと手をたたき「パパはヒーローだね」。パパの勇気と子どもたちの笑顔は、震災の温かい思い出だ。

（２０１１・５・29）

別れの言葉

佐藤啓子（白石市・主婦　63歳）

朝、いつものように洗濯物を干しながら、ふと空を見るときれいな青、綿菓子のような白い雲。時の移ろいは優しい風を運んでくるようになった。きょうはエイ子さんとの別れの日だ。

3月11日の大震災と津波の後、私は海沿いに住む彼女のことを案じていたが何も分からないまま4月になった。毎日のように余震があり心身共に疲れていたころ、彼女の息子さんから封書が届いた。彼女は帰らぬ人となり、家族だけで火葬を済ませたという。故郷のお寺での法事に参列することにした。

約30年前、なぜか気の合う人ばかり7人が集まり、「虹の会」という会を結成。古典の勉強会や編み物教室、ハイキングなどを楽しんできた仲間だ。ホームパーティーでは得意な料理や手作り菓子などを持ち寄り、中でも彼女の山菜の漬物や煮物はとてもおいしく、いつも盛り上がった。

最近はメンバーそれぞれの家庭の事情もあって、なかなか会えなくなっていた。

厳かな読経が静まりかえる本堂に響き、参列者の心にしみた。遺骨はご家族の胸にしっかりと抱かれ、納骨へと向かう車が見えなくなるまで私は、「エイ子さん、ありがとう」と何度も話しかけていた。

（2011・5・30）

俺は宮城県人

（2011年　夏）

居だのー?

川村とき子（岩沼市・主婦 61歳）

私はまだ、実家のあった場所を訪れることができません。車でたった10分足らずの所なのに。仙台空港に近く、広い砂浜と松林がある、風光明媚（めいび）なところでした。

私が生まれた年に建てられた家は、どこまで流され、がれきになったのでしょう。今では跡形もありません。一緒に流された兄夫婦が犠牲になりました。義姉は震災3日後に、兄の遺体はついこの間、5月半ばすぎに見つかりました。

15歳で父を、16歳で母を亡くした末っ子の私には、8人きょうだいの一番上、19歳も年の離れた兄夫婦は親のような存在。娘のようにかわいがってもらいました。2度親を亡くしたような、たとえようもない悲しみで胸が詰まります。

震災前日、義姉は大きな袋いっぱいに野菜を持って訪ねてくれ、一日中語り合いました。偶然、津波の話なども出ましたが、次の日、あんな恐ろしい目に遭うとは夢にも思いませんでした。震災後の何ごとにも不自由な日々、涙を流しながら、大根や白菜など持ってきてくれた大切な野菜を食べました。

四季折々に新鮮な野菜を手に、玄関を開けるなり「居だのー?」という義姉の大きな声を、もう聞くことはできません。

ただ、ただ、寂しいです。

（2011・6・1）

ゆき子さん

千葉和子（栗原市・主婦　67歳）

「ゆき子さん、おはよう。目、覚めた？」「きょうは3月14日ですよ」。避難所の一室、介護を要する人たちの部屋から、すがすがしく温かく、しかも明るい声が聞こえてきます。翌日も、また翌日も。

「ゆき子さん、きょうも眠い？　少しは聞いてね」「ああ、笑った。分かったの今の話。お利口だね」。一喜一憂しているのは50代後半のお嫁さん。そして90歳近いおしゅうとめさんのゆき子さんとのお二人の避難生活の一こまなのです。

そんなお二人の会話が、その部屋を訪れる私たちボランティアの耳に爽やかに届くのです。付きっきりで介護しているお嫁さんの声、言葉、しぐさがまるで、わが子をいとおしむお母さんのように見えました。

時には髪の毛、時には頬をなで、底冷えする夜は、一枚の布団に肌を寄せ合って眠るのです。温かい絆に結ばれたお二人の様子が、ボランティアに携わる私たちの心を癒やしてくれたのです。震災という非常事態、おしゅうとめさんを守ろうと懸命に介護するお嫁さんに、頭の下がる思いでした。

一つ一つ言葉を掛けて、それに反応を示すようにうながし、そして反応を示したときには喜んであげることが大切だと学びました。私たちからも「ゆき子さん、ありがとう」。

（2011・6・2）

80年ぶりの同窓生

渡辺トミ子（仙台市宮城野区・無職 88歳）

先日、いつものようにデイサービスにいきました。程なく年配の女の人が私の隣に腰掛けました。初対面なので「どちらから」と聞いてみました。女川町（宮城県）から震災のために、娘さんの所へいらしたようです。

私も、女川と聞いて話し始めました。「女川で生まれ、小学1年生の5月、家族ともども、母の故郷を離れた」と。友達も知人もいない。思い出は学校と肩掛けかばんだけ。最近まで叔父がいたのでたびたび行き来はしていたと。

その人は、「実は自分も同じ学校で同じ1年生だった」と話しました。世の中は狭いと言いますが、本当に驚きました。80年ぶりの同窓生、急に友達になったようで、懐かしく、親近感を覚えました。私は、続く言葉が見つかりませんでした。

たびたび行った女川湾の美しい島々。そしてクジラ、カツオ、大好きだった天然ホヤなどの水揚げでにぎやかだった魚市場。今はただただ、夢の中です。

今、自分には何もできない。多くの人が亡くなった大震災。心からご冥福を祈るだけです。

そして、あの同窓生にまたお会いして、少しでも女川の様子を聞かせてくれるよう、その日を待っている私です。

（2011・6・4）

心の古里・深沼

阿部わき（塩釜市・無職　84歳）

あの大震災から、はや3カ月。亡き母の古里・深沼（仙台市若林区荒浜）も大津波にのみ込まれました。はるか昔、私の小学生時代の夏休みは毎年、深沼へ行くのが恒例でした。当時は塩釜から貞山堀をポンポン蒸気船で行きました。

砂浜での波との戯れ。貞山堀でのシジミ取り。もぎたてのトマト、ゆでたてのトウモロコシを食べ、いとこたちとの遊びが楽しみでした。当時の情景は、今でも鮮やかによみがえります。

今回、波にのまれた人や、避難したものの体調を崩して入院、急逝したいとこもいます。葬式の時に一人がポツンとつぶやきました。「これからは深沼で、皆で集まる場所がなくなったね」。皆、無言でした。

先日、本家の避難先に行った帰り、回り道して深沼に行きました。小学校とコミュニティーセンターだけが残り、見渡す限りがれきの原でした。本家の屋敷跡には竹林が残っていました。

墓地のあたりとおぼしきところで瞑目（めいもく）し合掌してきました。いとこ、はとこたちもそれぞれの地に避難しています。

集まる場所はなくなりましたが、私たち親戚の絆は永久に変わることはないとおもいます。

そして母の古里は私の心の古里でもあります。

（2011・6・4）

忘れられない日

亀卦川美智子（石巻市・主婦　32歳）

いつか息子たちが結婚する時に見せようと思っていた私たち夫婦の結婚式のビデオ。まさかこんな形で、それもこんなに早く見せることになるとは、思ってもいませんでした。

震災後、私たち家族は避難所を転々とした後、比較的被害の少なかった親戚宅にお世話になり、今は主人の実家で暮らしています。

その実家で、義父が大事にしまっていた結婚式のビデオを私は見つけました。「息子たちが結婚する時に…」という思いはどこへ行ったのか、なぜか無性に見たくなり、傍らにいた息子に再生ボタンを押してもらいました。

12年前の私たちの様子を見て笑う息子たち。その隣で私はあふれる涙を止めることができませんでした。そこには震災で亡くなった叔母や、行方不明の叔父たち、そして震災後病気で亡くなったおばあさんが元気な姿で笑っていたからです。

最近みんなが忘れていた笑顔が、画面の中にはいっぱいありました。

そんな笑顔を取り戻そうと5月3日、12年目の結婚記念日に、家を失った両親と、家も家族も失った叔母、そしてみんなを心配して帰省した兄と、ドライブに出かけました。短い時間ですが楽しいひとときを、笑顔で過ごすことができました。一生忘れられない記念日になりました。

（2011・6・5）

思いやり

松浦佳代（東京都新宿区・自衛官 37歳）

3月11日の大震災発生から1カ月後、私はやっと母と再会できました。私の顔を見たとたん、母は大粒の涙をあふれさせました。

私は自衛官。現在、東京で勤務しています。職務上の理由から、任務優先であり、すぐに家族に会いに行くことは難しい状況でした。被災直後、母とは連絡が取れず、報道関係が伝える情報は惨事の悪化を伝えるばかりで、不安でいっぱいでした。

何とか親戚と連絡が取れ、「介護が必要な人たちを避難所まで連れて行くと言ったきり、姿を見ていない」と聞いたときは、自分優先ではない母の行動を尊敬しつつも、行方が心配でした。

数日後、元気な声を電話で聞けた時は、ほっとして膝がカクンと抜けたようになりました。母から聞く被災地の状況は悲惨でしたが、同時に温かい気持ちになる言葉もたくさん聞けました。「皆で助け合い、協力し合い、解決しているから大丈夫」と母は、近所の方々との思いやりある交流に深く感謝していたのです。

今回の震災で、日本人の秩序を守る姿が世界中に注目されました。これも日本人が「思いやり」を大事にするからであり、私はこの国を誇りに思います。この気持ちの大切さを日本文化の一つとしてずっと長く伝えていきたいです。

（2011・6・7）

ゼロからの出発

松川八千江　（宮城県女川町・主婦　69歳）

ゴールデンウイークのある日、避難所生活をしている私のところに、生後1カ月になる見舞客が来てくれました。

大震災の時は母親の胎内にいた、ひ孫です。当時ライフラインの不通により、孫娘の安否を知ることもできず眠れない日々が続いていました。1週間後、電話が通じて無事と分かりました。3月27日の未明にメールがあり、新しい命の誕生を知ることができました。

人の世は何と皮肉な巡り合わせなのでしょうか。大震災で失われた数多くの命。そして新たに生まれ出る生命。悲しみの陰に喜びがあるのが常なんだと感じています。

私の両腕の中で、笑顔を振りまく丸々とした顔。ずっしりとした小さな命の重さに腕にしびれを感じたものでした。

私のこれからの人生も、ひ孫と同じ0歳からの出発になるでしょう。古里の町も家も全て大津波で失って、絶望ばかりだった心に、ひ孫の笑顔が一条の光をともしてくれたのでした。

頑張れないけれど自分なりにありのままに、現実を受け止めよう。生き地獄を乗り越えて10年後、20年後に生まれ変わるであろう古里・女川町をしっかりと、この目で見てみたいと思っています。

（2011・6・11）

結人

田辺美津子　（宮城県山元町・介護士　58歳）

私は毎朝、駅に向かう主人を門の外まで見送るのを日課としておりました。自宅の前は畑になっており、主人は最初の角を曲がると自転車の上から左手を挙げ、次の角を曲がると右手を挙げて姿が見えなくなります。そんな何でもないことが大切なことと気付きました。

主人は3月で定年退職となりました。悠々自適の生活を夢見ていましたが、今はがれきの山と格闘しながら、こんなはずではなかったと嘆いております。

震災で人生が変わりました。暗く落ち込んでいる毎日ですが、5月に私にとって2番目の孫、結人（ゆいと）が誕生しました。息子の小さい時に似ておりうれしかったです。

以前、お嫁さんに、「誰でも分かるような名前にしてね」と話した記憶があります。二人で考えたらしく、「今回の震災で人と人との結びつきがいかに大切か知った。人のためになるような人になってほしい」などの希望があるようです。

昔から農作業に「結（ゆい）」をすると言い、共同で助け合う時に使われていた言葉なので、温かさが感じられ気に入りました。

4度目の避難先となるアパートの窓辺に飾った孫たちの写真を見ながら、大震災を後世に伝えるのが私たちの使命と感じています。

（2011・6・18）

光となって

竹内光子 （仙台市青葉区・主婦 75歳）

今回の東日本大震災では多くの方が被災され、心よりお見舞い、お悔やみ申し上げます。私も娘を津波にさらわれてしまいました。主人と娘の夫は連日避難所を回り捜し続けましたが、見つからず、ただただぼうぜんとしておりました。

ある日のこと、朝から何もする気になれず座り込んでおりましたところ、目の前に光の人影が浮かんでいるのです。何の気なしに「メイちゃんなの」と問いかけますと、光はスーッと消えていきました。テレビも何も付いていないのです。本当に不思議な光なのです。

それから10分ほどして、娘の夫から「見つかりました」と連絡が入りました。こんなことって、本当にあるのですね。娘が私に会いに来てくれたのです。

すぐに駆けつけました。娘は苦しそうな顔ではなく、安らかに眠るように横たわっておりました。私は思わず頬をなでました。氷のように冷たかったです。

私は、あまりのつらさに立ち上がることができません。多くの方々が同じ境遇にあることでしょう。しかし、娘が光となって、孫のことを頼むと言いに来たのです。孫のためにも、力強く生きていかなければ。今は、前を向いて歩いていこうと思っております。

（2011・6・20）

荒浜のおばちゃん

高橋久美子（名取市・主婦　57歳）

6月3日、おばちゃんが来ました。

朝ご飯を食べている時、ふと窓越しに見えた外の人影に目をやると、それは亘理町（宮城県）の荒浜から月1回、海産物を売りに来ていたおばちゃんでした。一瞬、わが目を疑い、数秒の後、あわてて外に出ました。

30年来の付き合いなのに名前も知らないそのおばちゃんは、車に昆布やらワカメ、煮干し、おつまみなど、たくさん積んで売りに来るのです。

それが3月11日、あの日以降、1カ月たっても2カ月たっても顔を見せません。スーパーで煮干しを買うたびに、おばちゃんを思い出し、おばちゃんの煮干しを思い出していました。

もしや家が流されてしまったんだろうか。もしや逃げ遅れたんだろうか…と心配していたところなので、元気な顔が見られて本当に安心しました。

震災後、家の中に流れてきたがれきや土砂の片付けで大変だったそうです。

避難所にいるというおばちゃん。気のせいか、一回り小さくなったように見えました。

体に気をつけて、商売を頑張ってください。そう願いながら、いつものおいしい煮干しを買いました。

（2011・6・21）

会いたい

今野初美（石巻市・主婦 55歳）

あの日、すごい揺れの後、すぐに大津波警報が出ました。なぜかあなたと杏のことが気がかりでした。居ても立ってもいられませんでした。

電気も電話も水道もなく、ろうそくの火だけが頼りの真っ暗な夜、ラジオをつけて一晩中毛布にくるまっていました。そして、とても寒い、寒い朝を迎えました。いろいろなところを捜し、やっとあなたと杏が見つかりました。悲しくてつらくて、涙ばかりの日を送っていました。

4月のある日、新聞を読んで、涙があふれてきました。3月11日の夜の空は、星がきらきらきれいに輝いていたそうです。あの星空は亡き人たちが道に迷わず天国へ行けるように、導く明かりだったのではと書いてありました。

春奈、あなたも杏も星空を見ましたか。道しるべになりましたか。迷わなかったかな。二人ばらばらでなかったよね。

会いたいよ。もう一度、声が聞きたいよ。杏の笑った顔が好き。笑い声が好き。一度でいいから夢に出てきてほしい。

春奈、30年間私たちの娘でいてくれてありがとう。杏、5年間私たちの孫でいてくれてありがとう。次の世もまた、私たちのところに生まれてきてください。

（2011・6・28）

感謝の心を込めて

佐々木富子（仙台市太白区・主婦　74歳）

大震災のニュースに涙の出ない日は一日もありません。そんな6月のある日、私が乗ったバスに途中からすごく大きなリュックと白いヘルメットを持った女性が乗車しました。ボランティアの方だと直感し「どちらに向かうのですか」と話しかけてみました。

「東松島市に2週間行った後、こっち（仙台市）にある実家でちょっと休んでいました。これから東京方面に帰るところです」とのこと。ボランティア活動は主にがれきと泥の撤去をしていたそうです。さぞやお疲れだろうと思うに、さわやかな笑顔で、はきはきと作業の様子を話してくれました。

「ボランティア活動に出向くことを認めてくれた職場も、広い意味でボランティアに参加しているのだと思います」。その殊勝な態度に、私は申し訳なさと感謝の気持ちで胸がいっぱいになりました。

私の町内は地割れがひどく、40％のお宅が避難しており、明かりの消えた家並みがすごく悲しいのです。

「体力のない私にもできることがありますか」との問いに、女性は「痛みを分かち合ってください。あなたも被害者なのですから」と優しい言葉をかけてくれました。微力でも心掛けて実行しますと心の中で思い、感謝の心を込めてお別れしました。

（2011・7・9）

俺は宮城県人

菊池誠子　（仙台市宮城野区・自営業　62歳）

5年前、息子は「長男なのにごめんな」と言って、東京の小学校の教員になった。大震災の折には「都教委の宮城応援部隊に志願したかったけど、今は守らなければならない子どもたちがいるから」と言っていた。その息子が、県が復興キックオフデーとした4月29日に帰省した。

息子は、鉄骨がのぞく家の壁を見て立ち尽くした。断水中だったので、公園から何度も水をくみ、鍋で3時間かけて風呂を沸かしてくれた。

その日の夜、「おやじ、おふくろ、話がある」と言う。険しい顔…、涙…。初めて見る息子の顔だった。「宮城に帰る。手続きは済ませて来た」。息子は「この宮城の非常時に、東京にいる場合か、と思った」と言う。私は内心喜びながらも、東京都の教員を辞めて、宮城に戻ると決めた息子の葛藤を感じた。

主人は「おまえの人生曲げて帰って来るな」と、心と裏腹なせりふを言った。津波が目前まで迫りながら、幼児を抱えて逃げた娘は「東京のお兄ちゃんがわたしたちの最後のとりでだと思ったからがんばれたんだよ」と泣いた。

家族のさまざまな思いを受け止めながらも、息子は笑顔で「俺は宮城県人だから」と手を振りながら帰っていった。

（2011・7・12）

絆

畑山真弓（東松島市・パート　27歳）

わが家で行っている節電の一つといえば、〈日とともに起きる〉だろうか。〈日とともに寝る〉のは、今のところ、厳しい。

朝、何で目覚めるのか。当然、朝日は入ってくるのだが、もう一つ、「チュンチュン」という目覚まし音で起きるのである。

その正体は、スズメの親子。わが家の小さな庭に、餌を食べに来るのである。親鳥が子鳥に餌を一生懸命運んでいる姿は、何ともほほ笑ましい。

「あれ、一生懸命餌運びだ。まだ子っこは、飛べないんだべおん」「餌かせろって鳴いでる」と、父。すると母が「そうなのがぁ。きょうも来てたのがぁ」と返す。「おっ。子っこ、ようやぐ飛んだ。でも、まだ危ねなやぁ」

こんな会話が続く。もはや、誰が親鳥なのかわからない。みんな、子鳥が心配でたまらないのだ。無事に、育ってほしいと願う。

このスズメの親子の絆は、素晴らしいと思った。親鳥も、子鳥も、生きることに一生懸命で、純粋なのだ。

今回の東日本大震災。復興には、時間も労力もかかるだろう。私たちの絆も必要ではないだろうか。スズメの親子に学んだことである。

（2011・7・16）

親愛なる息子へ

浅沼ミキ子（陸前高田市・主婦　47歳）

「ご無事で何より！」。これが息子と交わした最後の言葉になりました。地震の後、海沿いの職場からお客さまと共に避難所へ着いたところでした。私たちはそこで偶然会いました。周りにいた上司への遠慮もあってか、他人行儀な言葉でした。

転職したばかり。4月からの本採用に向けて張り切っていたところで、表情には充実感と緊張感が見受けられました。私は上司にあいさつして、笑顔で敬礼した息子と別れ、少し標高の高い場所へ移動しました。その数分後、津波という悪魔は、避難場所である3階の建物ごと、避難した人をものみ込んだのです。息子は10日後、冷たい体で戻ってきました。どんなにか無念だったでしょう。お客さまを守ることに力を尽くしたのでしょう。つらかったね。生きたかったよね。

その後、多くの人が自宅を訪ねてくれました。周りに温かい方たちがたくさんいたんだね。たくさんの方に育てていただき、いい男になっていたんだね。会いたくてたまりませんが、いつかそばに行けるまで我慢します。その時が来たら、方向音痴の母をどうぞ迎えに来てください。

生きている者たちの知恵で、人命第一の避難路、避難場所を熟慮し、その上での被災地の「復興」を切に願います。

（2011・7・19）

ビワの歌

山家由美（仙台市太白区・主婦　44歳）

この季節になると口ずさみたくなる歌があります。まどみちおさん作詞の童謡「びわ」です。

初夏、わが家の庭の木に一斉に、淡い山吹色の実がなります。ビワの実です。木の背丈はぐんぐん伸びて、踏み台に上らなければ届かないほどの高さになります。

お日様の光をいっぱいに受けて、徐々に色づいていきます。それぞれの枝に4、5個ずつ、仲良く実が付きます。

幼稚園のころ、この歌に出合ったのではないかと思います。ゆったりとしたテンポと伸びやかな歌声が記憶にあります。でも、歌詞がうろ覚えでした。

歌詞を調べて、ああ、そう歌っていたんだと納得しました。そして、作詞をしたまどさんに脱帽する思いでした。ビワの葉がロバの耳みたいだとか、抱っこし合って熟れているだとか、ヤギのお乳よりもまだ甘いだとか。言い得て妙だと思いました。

毎年忘れずに実を付けてくれるビワ。ほんのり甘い実をいただきながら、今年も夏が来たんだなと実感しています。

3月の震災以降、大変な日々が続いていますが、ビワの実のように、抱っこし合って乗り越えていけることを願っています。

（2011・7・22）

竜宮城？・へ行った

青池冨美子（仙台市青葉区・主婦　88歳）

先日、竜宮城へ行ってきました。夢のような一日でした。招いてくれたのは何と60年前の教え子4人。そうミニ同期会でした。

「先生、あのころ子どもが増えて教室が足りず、僕たち校庭に椅子を並べ、青空教室で勉強したんだよ」。その一言ではっきり思い出しました。当時小学2年生だった子どもが今立派な大人になって私を囲んでいます。

「ハイ、先生の好きなスイカ！」。去年「ティータイム」を見たというM君が重いスイカをゴロリと私の膝に乗せました。「私、いま趣味でケーキを作ってるの」と、女のYさんがピンクのリボンの包みをくれました。そして4人の心のこもった美しい大きな花束。

タイやヒラメの踊りはなかったけれど、懐かしい思い出話に時を忘れました。帰りは亀の背ならぬKさんの車で家まで送ってもらいました。

狭い自室の机の前にペタンと座り、私は手を合わせながらつぶやいていました。

「神様、こんなに楽しく幸せな一日を恵んでくださって、本当にありがとうございます」

その後、きょうう会えなかった人たちはどうしているかなあ…と考えたのです。

（2011・7・22）

ほんのきもち

竹内美江　（埼玉県本庄市・主婦　55歳）

7月上旬に地元のこだま青年会議所主催のイベントが開かれた。郷土の偉人で江戸時代の国文学者塙保己一（はなわ・ほきいち）の名を冠した震災からの復興支援事業「夢プロジェクト」が、東北の被災地の学校へ本を届けようと呼び掛けた。市の広報でそのことを知った私は、わが家にある本を贈ることにした。

仙台から引っ越して丸3年、しまったままの箱を開けてみると、中から懐かしい本が次々と出てきた。「いっぽんの鉛筆のむこうに」「地下鉄のできるまで」「ブルートレインほくとせい」「あさいちばんのしんかんせん」…。乗り物が大好きだった息子のお気に入りの本だ。

しかし、中には贈るのをためらった本もある。「みず」という本だ。子どもたちが楽しそうに水遊びしているが、ページをめくりながら、ハタと手が止まった。それは、黒々とした波の写真だった。子どもたちがこの写真を見たら、どう思うだろう。しばらく考えた末、自然のありのままの姿を知ってほしいから、結局、この本も一緒に届けることにした。

当日は単行本や文庫本を合わせて200冊ほど持ち込んだ。本も喜んでいると思う。そして、受付で渡された短冊には、こんなメッセージを添えた。「本をいっぱい読んで元気になってね！」

（2011・7・24）

頼みます

今野和佳子（名取市・公務員 48歳）

お父さん、元気ですか。そちらは慌ただしくなったことでしょうね。

気仙沼、宮古、釜石、大船渡、相馬。なぜかお父さんの出張先だった街すべてが大きな被害を受けました。多くの営業先のお得意さんが今も大変な生活をしていると思います。みんな無事なのかどうかも分かりません。

お父さんと私の生まれ育った名取も、津波が来て、900人もの人たちがそちらの世界へ旅立ちました。私の職場仲間5人もです。4人はみんなを避難させるのに一生懸命で、逃げるのが間に合いませんでした。でも最後まで人々を助けました。

もう1人は女性。育休中だったから、抱っこひもを付けたまま、8カ月の子どもまで連れて行っちゃった。男の子だから、こちらの男孫と同じようにかわいがって。初めての誕生祝い、忘れずにみんなでしてあげてね。残された家族は、精いっぱいきょうを生きています。

暑くなってきたのでビールでも飲みながら、みんなで仲良く楽しんで、こちらの家族を安心させてくださいね。お父さんは1年以上もそちらでは先輩なんだから、よろしく頼みます。

こちらはみんなで力を合わせて素晴らしい街をつくっていきます。空からずっと見守っていてください。

（2011・7・25）

ハエと私

中沢みつゑ（石巻市・主婦　68歳）

あっという間に梅雨が明け、猛暑が続いている。そのせいかハエの発生が早い。しつこいこと。そこら中飛び回るのをたたき落とそうと、汗だくになって格闘している毎日である。

まだまだ処理しきれない汚泥、がれきの山が発生源となっているようであるが、こんな離れた所にも飛んで来るのかとあきれている。

がれきの集積場に近い所は、こんなものではないらしい。悪臭とハエの大群で、この暑さの中、窓もうかうか開けられないと嘆いていた。

駆除する器具は、昔はハエ取りリボンとハエたたきくらいだったが、今はより取り見取り。何種類か買ってきて試しているが、なかなか思うような効果はない。

匂いにかなり敏感なハエは、魚の調理でもしようものなら、黒光りする体を揺らして、どこからともなく集団で飛んで来る。

食器といわず食べ物といわずベタベタ止まるのを、ハエたたきを振り回して追い払う。

運動不足解消と、何かとたまっているストレス発散も兼ねて、この時とばかりハッシとハエたたきを打ち下ろし、仕留めることに全神経を集中させている。

笑うに笑えぬ暑い夏のこのごろである。

（2011・7・26）

私たちのおひさま

宮藤泰子（栗原市・自営業　77歳）

毎朝、NHKテレビ小説「おひさま」にくぎ付けになっています。陽子先生は6年生の担任です。教科書を墨で消すシーンでは、「そうだ、墨塗った」と、思わず口走ってしまいました。終戦当時、私はあの子たちと同じ6年生だったのです。

担任の先生は、師範学校を出て初めて学級を受け持った玲子先生。よく通る声で「ああ無情」「安寿と厨子王」などのお話を聞かせてくれました。戦争が激しくなると、イナゴ捕りや落ち穂拾い、ソバ畑を作るための開墾を一緒にしました。作業帰りに先生と歌った「赤とんぼ」「お山の杉の子」。震災後、なぜかしきりに当時のことが思い出されます。

先生はどの子も隔てなく同じように光を注ぐ、文字通り私たちの「おひさま」でした。

21歳で結婚されました。花嫁姿は、テレビの陽子先生にもひけを取らない、輝く美しさでした。テレビの6年生に比べ私たちの幼かったこと。先生を奪われる気がして、あろうことか、新郎の悪口を言ったのです。「色黒いごだ」「あの人さけだぐねえ」「もったいねえ」

実際は、背の高い今でいうイケメンのご主人様でした。65年も昔の笑い話です。私たちのおひさま玲子先生は民話の語り部として、コーラスのリーダーとして、今も現役です。

（2011・7・28）

袖振り合うも多生の縁

藤岡幸子（塩釜市・主婦　74歳）

「地震、津波は大丈夫でしたか？」。受話器の向こうの女性がどなたなのか、すぐには分かりませんでした。「岡山県倉敷市の『藤戸饅頭（まんじゅう）本舗』です」。私は「えっ、大丈夫でした」と言いながら、感激で胸がいっぱいになりました。

4年前、亡き父ゆかりの地を訪れようと、主人と初夏の旅に出ました。旅の最終地に選んだのが、JR倉敷駅からバスで15分、謡曲「藤戸」の舞台にもなった藤戸寺でした。向かいの饅頭本舗は、創業800年以上の老舗和菓子店で、古い木造の建物は映画のロケ地にもなりました。

帰りのバスを待つ間、店の奥さまとお話をしました。「以前、宮城のテレビ局が取材に見えて、お取り寄せの紹介をしていただきました」。笑顔の奥さま、店員さんと写真を撮らせてもらい送りました。そうしたら早速、「夫婦でまたお越しください」とのお返事をいただきました。

この未曽有の大震災です。ゆきずりの旅人を思い出し、心配されてのお電話でした。「袖振り合うも多生の縁」。人との絆の大切さを知らされました。

藤戸寺境内には香料「きゃら」の花が咲くと聞いています。どんな珍しい花なのでしょうか。遠い倉敷の地に思いをはせ、心温かい皆さまを思い浮かべて懐かしんでいます。

（2011・7・30）

ナデシコの花

大場たまき（栗原市・主婦 64歳）

早起きをして、サッカー女子ワールドカップ決勝を見ました。「なでしこジャパン」が勝ったと思ったとたん、感動のあまり自然に涙が出てきました。

わが家の花壇のナデシコは春、例年通り花をつけました。一度咲いて終わっていたのですが、7月の台風後少し涼しくなったのを境に、また咲き出しました。花を切ると、もう一度咲くようです。

現在、わが家で植えているのは、西洋ナデシコという種類だそうです。だいぶ前に買ってきました。花は小さく、いつもはあまり目もくれずにいたのです。

でも、ワールドカップ優勝を契機に、毎朝いくつ花が咲いているか、観察するのが楽しい日課となりました。

昔は家の近くの野山にも、ナデシコが自生していました。しかし、近ごろその姿を目にすることは、ほとんどなくなりました。

今回、あらためて近くの野山を歩いて、自然の中のナデシコを探してみましたが、なかなか見つかりませんでした。

それでも、花壇の中で小さな花をつけ、かれんに咲いているのを見ると、震災で気持ちが暗くなっている中、元気をもらい、心が癒やされる思いです。

（2011・8・3）

震災・その後

渡辺すみ子（岩手県藤沢町・主婦 56歳）

8月10日は7歳で逝った息子の26回目の命日だ。宮城県南三陸町に住んでいた私たちは、あの大震災で自宅も店もお寺もお墓も全て失ってしまった。お盆も近いのにどのように供養したらいいのだろうか。

あの日、水門を閉めてくると出動した消防団員の主人、気仙沼港近くの会社に勤めている長女となかなか連絡が取れずあきらめかけていたけれど、無事だった。息子やご先祖さまが守ってくれたような気がする。

しかし、多くの身内や知人が犠牲になった。まるで悪い夢でも見ているようだけれど現実だった。義姉のお嫁さんも小学校3年生と1歳の子を残し、犠牲になってしまった。

被災後世話になった義姉の助けになりたいと、今は〝にわか保育士〟として岩手県藤沢町の避難所から気仙沼市の義姉宅に通っている。子どもたちの無邪気な笑顔やかわいい寝顔を見ると涙があふれてくるけれど、いつまでも立ち止まってはいられない。

たくさんの人からいただいた支援を生きるエネルギーに換え、この子たちがたくましく生きていけるよう見守らなければ。そう思えるようになったら少しずつ元気が出てきた。

5月に還暦を迎えた主人と共に、再び生まれた年の干支（えと）に返り、新しい気持ちで人生を楽しもうと話し合っている。

（2011・8・9）

キジバトちゃん

中里不二子（多賀城市・主婦 78歳）

2階のベランダでキジバトが餌をついばんでいる。震災後、日常生活立て直しに精いっぱいの中、気付くと毎日姿を見せている。

最初は1羽だったが、やがてカップルで訪れるようになった。盆栽の受け皿の水を飲んだり、敷石の隅をつついたり、のんびり日なたぼっこもしている。ひと月、ふた月、毎朝夕にやって来る。サルスベリの木陰の手すりに2羽仲良く並び、何度も熱いキッスをする。

ある日、津波で被災した友人のYさんが見えた。現況のもどかしさとこれからの生活を暗い表情で語る。何もしてあげられないのがつらく、心が痛むばかりだった。

その時、Yさんが窓の外のキジバトを見つけ、明るい表情を見せた。キジバトカップルはそ知らぬ顔をして求愛中で、しきりに口づけを交わしている。目を丸くして見守っていたYさんは「お父さん（夫）と頑張る」。背筋をしゃんと伸ばし、力強く帰っていった。

華やかな行事で使われるハトと比べると、わが家のハトは野生で姿、形はスマートとは言えないが、朝に夕に優しさと愛を届けてくれる。

家の前の電柱のてっぺんできょうも「私のキジバトちゃん」は鳴いている。「デ、デ、ポッポ…デ、デ、ポッポ」

（2011・8・14）

雲の上でお昼寝

伊藤美千世（多賀城市・ホームヘルパー 48歳）

「くう・ねる・さんぽ」が信条の愛犬・福助。6月に15歳で亡くなるその日の朝も、普段通りご飯を食べ、散歩に行きました。思えば、マイペースで何とも味のある犬でした。

初めてわが家に来た日、夜鳴きを覚悟する私を尻目に、おなかを出して熟睡。「わが家に福が来ますように」と付けた名前は大当たり。娘という福をもたらしてくれました。

奥新川で泳いだり、泉ケ岳を頂上まで登るほどタフだったりした若いころ。稲刈り後の田んぼをウサギのように暴走した姿。暑い日は、自分で網戸を開けて夕涼み。近所の方に何度連れてきてもらったことか。猫に驚き、堀に落ちたときは、すっかり落ち込んでいたっけ。主人の「行くの?」の問い掛けには、キラッと目を輝かせて「早く!　早く!」と全身で誘うしぐさ。義理の母と寄り添うように歩いた、晩年の散歩風景。そのどれもが、生き生きと私たち家族の心に残っています。

火葬を終えた帰りの車中で、娘がポツリと「今ごろどうしているのかな?」。信号待ちで何げなく空を見上げると、青空にモコモコした雲が目に付き「さっさと空に上がって、雲の上でお昼寝してるよ」と私。たくさん泣いた心に、前向きスイッチが入った瞬間でした。「雲から落ちないでねー。福助くーん」

（2011・8・16）

祖母の背中

大迫里沙（大崎市・家事手伝い　36歳）

私は子どものころ、祖母によく「あんたは金魚のふんだ」と言われた。祖母がどこかに出掛けるたび、どんなに「駄目」と言われても、必ず自転車の後ろに乗っかったためだった。

私は自転車の後ろの席が好きだった。正面を見れば大好きな祖母の背中、左右に目をやれば行き交う車に流れる街の景色、そこを風を切って走る。

ある日、ちょっとしたいたずらをして怒られ、ふてくされた私は「家出」を決行した。通りすがりの自転車に乗った少年たちに声をかけてはヒッチハイクを繰り返し、街なかの祖父の職場まで行ったのだ。

窓の外でにこにこ笑う私を見つけて驚いたのは祖父である。祖父の同僚の方たちはとても優しくもてなしてくれた。すっかり「家出」を忘れていたころ、祖母が迎えに来た。帰り道、祖母は不気味なほど無言だったが、もう自宅というところで天罰が下った。太ももをつねられたのである。

その話を最近祖母にしたところ、「そうだったかしらぁ」と軽く受け流された。でも私にとって忘れられない大冒険だった。「金魚のふん」を卒業したのは、それから間もなく祖父に赤い小さな自転車を買ってもらってからだった。

（2011・8・21）

テネシーワルツ

高沢千恵子（東京都板橋区・無職　71歳）

私には懐かしくもの悲しい思い出の曲があります。ことあるごとに聴いている「テネシーワルツ」です。

終戦間近、私は5歳9カ月。仙台空襲が激しくなり、母は5人の子どもを連れ仙台郊外の父方の親戚宅に疎開しました。私がその家の赤ちゃんを子守中、あぜ道で転び背中の赤ちゃんと泥まみれになり、母は平謝りに謝ってお世話になるのは無理と判断したのでしょう。一晩も泊まることなく帰る道々、母は死ぬ時は皆一緒と言ったのを覚えています。

中学校時代は同じクラスに勉強もよくでき、同学年とは思えない雰囲気のNさんという女子生徒がいました。仲良しになって私は度々Nさんの家に道草をし、Nさんが英語で口ずさむテネシーワルツに、どこか寂しいけれどもいい歌だなと心を打たれました。3年に進級しNさんは進学組に私は就職組へと分かれました。やがて、故江利チエミさんが歌うテネシーワルツを耳にした時、ああやっぱり女性にとっては悲しみの歌だったのだと思いました。

就職して職場の先輩が、仙台空襲の後は中心街の焼け野原でトラックに遺体をスコップですくい上げていたと教えてくれました。戦争は絶対に反対です。8月の訪れとともにテネシーワルツは、私にさまざまな記憶をよみがえらせるのです。

（2011・8・24）

大規模半壊

菅原のり江（登米市・農業 64歳）

息子が高校を卒業する際、2人のお姉ちゃんに「親の面倒は俺が見るから、嫁さんに行ってけらえん！」ときっぱりと言い放った時は、びっくりするとともにうれしかった。

そして、社会勉強のためにも他人の飯を食べることが後々の自分を大きくするからと、遠く静岡の会社へ送り出して10年近くになる。

東日本大震災ではわが家も大規模半壊。主人は思い出の詰まった家なのでリフォームしたかった様子だ。しかし、息子から一言、「今までのような大きな家は必要ないから小さな家を新築すらえん。俺もできる限り応援すっから決めらえん」。

主人もやっと決断。これから仮設住宅への引っ越し、解体、いぐねの伐採、建前と進むであろう。子どもはいつまでも子ども、時には頭を押さえられるものと思っていたが、親の何倍も成長しているのだ。

年を重ねるごとに頑固にならないように、自分に厳しく人には思いやりを持った優しいおばあさんになりたいと思う。

今回の震災で、全国の皆さまから温かい手を差しのべていただき本当にありがたいと感じた。知らない土地で、息子も多くの経験をし、成長させてもらい感謝の念でいっぱい。

息子の名前は、孝之。親孝行を願って主人が命名しました。

（2011・8・25）

墓参り

安藤百合子　（仙台市宮城野区・団体職員　61歳）

父が亡くなって3年がたつ。お盆を前に、「暑いから」「遠いから」と墓参りに出掛けるのをためらっていた。そんな時、「お盆に来るの？」という母の声でやっとその気になり、古里へ向かった。

弟夫婦、おいやめいたちと一緒にお墓参りに…。その時、めいが「おばあちゃんも行こう」と言った。母は「歩けないから行がね」と答える。

花を飾り、供え物をした墓石を、めいは携帯電話でパチリ。帰宅し、母に見せた。母は携帯電話に手を合わせ、拝んだ。それを見てみんなで笑った。私も一緒に笑ったが、なぜか涙があふれた。

農家に嫁いで以来、コメや野菜を作り、洋裁や和裁も得意で、何でもできた母が、会うたびどんどん痩せていく。老いるとはこういうことと思いながらも、とてもつらい。母とたくさんおしゃべりをして、2泊して帰ってきた。

帰り際、細くなった手を握り「また来るね」。か細い声で「気を付けて運転しろ」「気を付けて仕事しろ」。どんなに年老いても、子どもや孫のことを心配してくれる。運転しながら、また涙があふれた。

やっぱり、行ってよかった、墓参り。

（2011・8・29）

還暦の柱時計

伊藤とよ子　（仙台市宮城野区・主婦　86歳）

3月11日の東日本大震災から5カ月が過ぎました。報道を目に、耳にするたびに平凡に暮らしていることを申し訳なく思います。

眠れぬ夜、柱時計がボンボンと時を知らせてくれます。ふと、六十数年前のことが頭をよぎりました。

同じ大崎市出身で公務員の主人と結婚し、所帯を持ったのが、新庄市の官舎でした。二間続きで、押し入れを戸棚代わりに使用していました。七輪一つで煮炊きをして暮らしました。

ボーナスをいただくたびに、物が増えました。長女が3歳の時に、次女が生まれました。その記念にと、主人が柱時計を求めてきたのです。

新庄市には足かけ10年住み、主人の転勤で仙台に移り、居を構えました。早速、家の柱に時計を据え付けました。

喜怒哀楽を共に過ごした主人は、病には勝てず、喜寿を待たずに旅立ってしまいました。月日の流れは水のごとしで、一人暮らしも12年になりました。

最近、柱時計もねじを巻いても止まることがあります。そんな時は、時計屋さんに「入院」をさせます。「退院」後の時計は、軽やかな音色を聞かせてくれます。

私もあと数年で90歳。柱時計と共に頑張ろうと思います。

（2011・8・31）

小指の思い出

（2011年　秋）

アサガオ

安倍愛子（東松島市・主婦　64歳）

今日は久しぶりに雨降りです。仮設住宅の窓から外を見ると、すぐそばにアサガオの花が3輪ほど咲いています。お茶を飲みながら眺めていますと、ふと、自分がシャワーを浴びているような気分になります。こんな時間がどんなに大切であるのか、しみじみ思う今日このごろです。

3月11日以来、みんな、みんな、生活が変わりました。わたしも仮設住宅にお世話になっています。狭いながらも楽しいわが家。住み方の工夫次第では天国です。

健康管理のために自転車で走り回った時、津波で流失した自宅の跡でアサガオの苗木を1本見つけました。現在の住宅の前にある桜の木の根元に植えました。どうか元気に育ってほしいと願い、花が咲くのを楽しみにして過ごしていました。

8月6日早朝、1輪咲いているのを見つけました。「やったあ、すごい」。やっぱり命の種でした。数年前に娘が「幼くして亡くなった男の子が育てた種です」といただいてきたのです。それ以来、毎年咲き続けて楽しませてくれたアサガオ。今こうして花の命がつながりました。

娘に絵手紙を出しました。こんな文面を添えて。「うれしいです。1輪咲きました。昔と今がつながっています。今を感謝しながら過ごしています」

（2011・9・1）

少女の言葉

井上つね子（白石市・主婦　66歳）

　8月26日付の河北新報朝刊に、新潟市に住む9歳の川崎春香さんが、自主制作したCDの売上金の一部を義援金として宮城県に贈ったという記事が載りました。被災者が満足に食事を取れないことを知り、「みんながたくさんご飯を食べられるように」との願いを込めて「お米の歌」を作詞、作曲したとのことです。

　春香さんは全盲で、脳性まひの障害もあるそうです。「悲しいことや苦しいことを、楽しいことで乗り越えてほしい」。彼女の言葉に、私は驚きました。これが9歳の少女の言葉でしょうか。

　その数日前、東北放送の朝のラジオで、お釈迦（しゃか）様の話を聞きました。お釈迦様はこの世の苦しみから解き放たれるために修行を始め、苦しみを楽しみに変える悟りの境地に達した、とのことでした。私の中で、お釈迦様と春香さんがぴったりと重なったのです。

　春香さんは、これまでたくさんの困難に直面し、一つずつ乗り越えてきたのでしょう。優しい心は、困難と向き合ったことがある人に宿るものと思います。

　被災者の皆さんに、私は何を申し上げたらよいのでしょうか。いくら考えても、空虚な言葉しか浮かんできません。ただただ、お体を大切にと祈るばかりです。

（2011・9・7）

記念日に想う

丸山佳織　（東京都江東区・派遣社員　41歳）

「命の保証はできません。ご家族で話し合って決めてください」。15年前、医師からこう言われてまで祖母が出席したかったのは、東京で行われる私の結婚式だった。

心臓の悪い祖母が安静を条件に退院した1週間後が式だった。祖母は「初孫の佳織の結婚式に出るなら死んでもいい」と言う。母と叔父は、連れていこうと腹を決めた。

式前日の都内は台風に襲われた。不安で迎えた当日の朝5時、祖母を乗せた車は仙台を出発した。祖母は足も悪いので、車での移動だった。

午後からの式。昼すぎにはみるみる天気が良くなり快晴となった。祖母は無事到着した。きれいな着物を着て、元気な姿で式と披露宴に出席し、皆を驚かせた。

あれから15年。9月7日は思い出の結婚記念日だ。ことし、祖母はいない。おしゃれでかわいく、いつもきれいにしていて涙もろい、大好きな祖母。この15年の間も何度か生死の境をさまよいながら、その都度乗り越えてきたのに、震災後の4月15日、突然亡くなった。90歳だった。

祖母は仙台で元気に暮らしている、と感じながら生活してきた私にとってはまだあまり実感がない。披露宴でにこにこしている祖母と祖父が写真立ての中からこっちを見ている。私はきょうも見守られている。

（2011・9・8）

スズメ親子の再会

佐藤かちの　（石巻市・主婦　72歳）

東日本大震災が起きた3月11日から半月ほど過ぎた夕方、自宅の玄関前でボトッと鈍い音がしました。「スズメの子がいるよ」と孫娘。子スズメが1羽、鳴きもせず、キョトンとした様子でいたのです。

私は物置から津波で汚れた鳥籠を出し、ざっと洗いました。小鉢に水とご飯を少量入れると、孫が子スズメを籠の中に移しました。

玄関を開けておくと、親鳥が捜しに来て激しく鳴いています。「ばあちゃん、籠から出そうか」「だめだめ、飛べないもの。暗くなってネコにやられるよ」。その夜は子スズメを泊めることにしました。

翌朝にはチィチィ鳴き、すっかり元気になりました。孫と屋外で籠を開けるとすぐに出ましたが、うまく飛べません。そのうち意を決したのか、お向かいの家の植木へひとっ飛び。近くでしきりに叫んでいた親鳥が来て、一緒に飛び立ちました。孫と2人で「さすが親子愛。よかったね」と拍手しました。

あのつらい震災時、みんな家族の安否確認ができず捜し歩いていました。わが家でも全員がそろったのは3、4日後。鳥でも人間でも思いは同じだと思います。娘一家4人は仮設住宅の抽選が当たらず、大規模半壊でかろうじて残ったわが家でにぎやかに暮らしております。

（2011・9・9）

「一事が万事」義父の教え

田畑さゆり（仙台市青葉区・パート　35歳）

結婚して仙台に来て1年になります。夫の両親と同居したのは家族の温かさに感銘を受けたからでした。義父は情に厚い人柄で、私の引っ越しに伴う雑用をてきぱきと処理してくれました。世話好きですが、お節介でもありません。義母は明るく竹を割ったような人です。家事にいそしみ、不平を言いません。

そんな親たちと戸惑いながらも楽しく過ごして半年たったころ、大地震が来ました。義父の神棚が落下するなどしましたが、私が戻ったころには家の中は片付いていて、家族で小学校に避難しました。徐々にライフラインが復旧して家族の絆が一層強まったように感じました。

もし同居でなかったら、と考えたことは何度かあります。親切心で教えてもらっていることに反発したりもしました。ただ一つ分かるのは、大事なことは何かを選択するより、選択したことを忠実に実行していく過程にあるということです。

義父は言いました。「人生は一事が万事。嫌なことの方が多いかもしれないが、その中から良いことを見つけていくんだぞ」。分からないことが多い世の中で、教えてくれたり、注意をしてくれたりする人がいるのは貴重なことです。目立たないさまざまなことの大切さに気付かせていただいていることに感謝です。

（2011・9・18）

あれから半年

後藤照子（東松島市・主婦 67歳）

今、私は小さな借家で、次男家族と暮らしている。44年前に嫁いだ東松島市東名地区から車で5分ほどの所だ。

3月11日、とてつもない揺れが来た。夫と長男、私の3人で酒の棚を押さえた。しかし駄目。店の商品が地震で壊れるのはいつものこと。けがをしたら損だからと離れ、揺れが収まるのを待って酒瓶を片付ける。

店の中は日本酒、ビールなどのにおいで酔ってしまいそう。酒屋の習性というか、とにかく店の片付けが最優先。3人で夢中で片付け、30～40分したころ、外からの「津波が来たぞー」という声でわれに返った。

海鳥が聞いたことのないくらい大声で鳴いていたのに、何で津波と気が付かなかったのか。夫と長男は避難所へと車を走らせた。夫が地域の役員をしているので、みんなを誘導しようとしたのかもしれない。

私は、店の隣にある自宅2階へ何とか逃げることができた。空が暗くなり雪がちらつく。体はすっかり冷え切って、歯がガタガタと震える。

夜になっても夫と長男は帰ってこなかった。その後、2人とも塩釜沖で見つかった。仏事を終え、新盆を迎えた。早いもので、もう半年。借家前の雑草の中で、メロンが今、実をつけている。波をかぶったのに。私もたくましく生きていこう。

（2011・9・21）

布おむつ

佐藤由利子（仙台市青葉区・自営業 59歳）

第一子を出産した娘が退院する時、布おむつを使うように指導された。かつて娘たち3人に使い、ひょっとしたらと思い、繕って洗濯しておいた布おむつに、二十数年ぶりの出番が来た。

生まれたばかりの赤ちゃんは飲むとそのまま通過するのではないかと思えるほど頻繁に替えなければならないが、竿（さお）いっぱいに干したおむつはちょっと誇らしげだ。

産む前まで「私は紙おむつを使います」と言っていた娘も、毎日洗濯に励んでいる。娘の夫も交換したり、予洗したりしてくれている。「自分が洗うから続けよう」とも言ったそうだ。

一度紙おむつをして出掛けたことがあったが、柔らかいので足がぶらんとして、頼りなげに見えたという。布おむつは使い捨てではないので環境に優しい。経済的という利点もある。娘もしみじみ「これだけ紙おむつを使ったらどれくらいかかるかしらね」と言う。

おむつ洗いは結構大変だ。天気が悪くて乾きにくい時はアイロンがけも増えるのでなおさら。そんな親の思いを知ってか知らずか、今も赤ちゃんはきれいなM字型の脚をして眠っている。

（2011・9・26）

夜顔

佐藤園子（多賀城市・主婦 73歳）

夜顔（ヨルガオ）を皆さんごぞんじですか。私は朝顔、昼顔、夕顔しか分かりませんでした。初めて知って、ちょっと興奮しています。早朝散歩をしていた主人がラジオで聞き、教えてくれました。え？本当？どんな花なのか、仙台市野草園に尋ねてみました。

「夜顔、ありますよ。花は白で大きく、葉はハートの形をしていて、とっても美しいですよ」とのことでした。

わが家の庭は津波をかぶり、たくさんの木々や草花が枯れて茶一色になっています。中でも長年大切に育ててきた白とピンクのボタンが春に花をつけることができないと思うと、とても悲しい。

千年に一度の災害になすすべもなく涙を流し続けています。しかし、多くの方々が家や親族を失い、今なお避難所生活を余儀なくされていることを思うと、心が痛み、花どころではありません。

テレビで、気仙沼市階上中卒業生代表の梶原裕太君の「天を恨まず助け合って生きていく」という言葉を聞き、自分の愚かさを恥じました。

きっといつの日か、皆さんと一緒に花をめでる日が来ますよね。

来年は夜顔の種をまいて、初めての花を見ることを楽しみにしています。鬼が笑っているかな。

（2011・9・27）

ナス漬け

日下しずえ（登米市・主婦 52歳）

「根廻（私の実家、登米市東和町）のおばあちゃんのナス漬けが食べたいなあ」。大学生の次女は漬物が好きで、帰省すると、実家の母のナス漬けが届いていないか、私に聞いてくる。

母は漬物が得意で、お客さんが来ると、「おらい（私の家）の石の下の生菓子、食べてみせ」と言ってごちそうするのだ。

母のナス漬けは、口に入れ、かんだ瞬間に皮が破れてちょうどいい塩味とほんのりした甘さが広がり、何とも言えないうまみがある。切らずに丸ごとかじるのも、ぽくぽくとした食感が味わえて、またおいしい。

私が小さいころ、夕食の片付けが終わると台所から「ザック、ザック…」と、母がナスを漬物おけに入れて揺する音が聞こえてくる。「母ちゃん、ナスが行進しているようだね」と言って笑わせた覚えがある。

「ナスは皮の薄い物を選び、ナス漬けのもとと塩と砂糖をいいあんばいに入れて、100回以上ほろく（上下に揺する）んだよ」と、何回も母に教えられた。でも私のナス漬けは毎回しょっぱ過ぎたり、甘過ぎたり、うまくいかない。

漬物も人生と同じで、いろいろな経験をし、苦労をしてこそいい味が出せるのだと、母のナス漬けを食べながら思った。

（2011・9・28）

イチジク甘露煮

国分静香（仙台市泉区・主婦 68歳）

「イチジク甘露煮」の季節到来です。静岡県沼津市の私の実家には、たわわに実るイチジクの木がありました。食べることなく熟した後、鳥がついばみ、ポタポタと地面を汚しておりました。

京懐石で皮をむいた薄味のデザートをいただいたことはありますが、仙台でイチジクから出る水分と砂糖で煮詰めた甘露煮と出合った時は、先人たちの食文化への思い、創意工夫に驚きました。

試行錯誤の末、自己流を作ること十余年、産地、鮮度、形にこだわり、専用鍋のお出ましとなり大活躍。ざらめを少しずつ加え、レモンの輪切り、塩、水少々でコトコト煮込み、仕上げにワインを振りかけます。琥珀（こはく）色のふっくらした出来栄えと甘い香りは旬ならでは。幸せな気持ちになります。

亡き父は左党でしたが、珍しがり、ことのほか好物となりました。懐かしく思い出されます。東京、静岡、名古屋へのお届けは、わが家の風物詩となりました。地元、仙台のお仲間から「あなたのが一番おいしいヨ」「煮くずれでいいからネ」と、毎年うれしい言葉をいただきます。

悦に入るのも、お毒味ならぬ、味見に付き合ってくれる主人のおかげ。感謝感謝です。本場の紅茶に添えて、お茶しましょう、あ、な、た。

（2011・9・29）

父の約束

下山祐子（大崎市・自営業　59歳）

「この子が20歳になるまで、死ねないな」。私のおなかに4番目の子を残して夫が急死。その子が生まれた時の父の約束です。約束を守り、父は86歳の生涯を閉じました。

4人の子どもの父親代わりとなり、病弱だった母の介護をし、店を切り盛りしました。大声を上げることもなく、愚痴を言うわけでもなく、いつもにこにことしている父でした。

遺影は父そのものの笑顔の写真です。皆さまも「いつ行ってもにこにこと笑っていたおじいちゃんだったよね」と言ってくれます。

笑顔の陰には、人に迷惑を掛けないという父の信念があったように思います。病気で痛くてもかゆくても、何でも一人でしようとしていました。人の手を借りざるを得なくなると、「迷惑掛けるな」と、こちらを気遣う父でした。

平均寿命生きたんだからいいじゃないかと思っても、もっともっと好きな韓国ドラマや海外の映画を見せてあげたかったと、悔いは尽きません。

これからは、先に行って待っている母と、大いに「ここ痛い。あそこ痛い」と愚痴を言い合って、楽しく過ごしてくれたらと思います。ゆっくり休んでください。

もうすぐ、四十九日です。

（2011・10・1）

新米考

佐々木淑子（登米市・農業　59歳）

いよいよ新米の季節がやって来た。炊きたての、あの何とも言えない日本人のＤＮＡに語りかけてくるようなにおい。白く輝くふっくらした一粒一粒には生きる力が詰まっている。

ことしの米作りは放射能汚染の不安を抱えながら始まった。どの作業も体にきつい。農家が丹精込めて作るからおいしく、収量も多いというが、私は、ほぼ自然の気分次第だと思う。

自然の前に、人間の知恵は無力だと今回の震災でつくづく思い知らされた。あのおいしい米は、天が、自然が人間に与えてくれたものなのだ。人はただ自分たちの命をつなぐためにその手助けをしているだけのように思う。

地震と津波で涙した日々。遠くの友だちから何度か便りと季節の物を送っていただき、震災後止まっていた時間を進めることができた。

生きていると悩みや苦しみ、悲しみの方が多いような気がする。それでもやはり人生は素晴らしいと思う。

新米ができたら、大きめのサンマを焼き、大根おろしをたっぷり添え、命に感謝しながら特別の思いでいただこう。おっと、番犬の彼女たちと、ネズミ捕り名猫たちへのおすそ分けを忘れてはいけない。

（２０１１・10・３）

深沼は今

大友洋子（仙台市青葉区・主婦 66歳）

小学生のころ、夏休みになると、決まって母の実家に宿題を持ち込んで泊まりに行ったものだ。のどかな田園風景の中に、いぐねの集落があり、イナゴを捕ったり、トンボを追いかけたり、川ではメダカと、思いっ切り遊び回る。その後は、セミの声を聞きながら縁側でよく昼寝をしたのを思い出す。そして近くの深沼（仙台市若林区）での海水浴は、私にとって夏休みの一番楽しみなイベントだった。

3月の大震災の様子がテレビで放映されるたび、生々しい映像は涙なしでは見られずにいた。震災から半年余りが過ぎて、懐かしい深沼方面へと車を走らせた。

津波の被害を受けた田園が続き、所々に置き去りにされた車が見え隠れする。夏草の緑のじゅうたんが、津波の爪跡を覆い隠していた。砂防林はなぎ倒され、無残な姿になっていた。

がれきは撤去されていたものの、民家は跡形もなく、さながら遺跡と化したように夏草だけが青々と風に揺らいでいた。

堤防に立って潮風を全身で受け、半世紀前を思い出しながら寄せては返す波を見ていると、今も昔も変わらぬ海の音が響く。それは何もなかったかのように揺るぎないものだった。

（2011・10・6）

心配しないで

佐藤玲子（宮城県利府町・パート　56歳）

娘に「幸せになりなさい」、私には「お先します」の言葉を残し、6カ所の病院生活に終止符を打ち、夫は逝ってしまった。

2年前に病を押して娘と3人で訪れた東京へ、先日友人と行く機会があった。浅草、お台場…夫と一緒に見た風景をセンチになって眺めた。

あのころ夫は体調が落ち着いていて、諦めかけていた東京へ向かうことができた。息子の妻となる人のご両親にあいさつできる喜びで、始終笑顔だった。痛み止めの力を借り、東京タワーも見物することができた。雨の夜景がきれいだった。

夫が亡くなって4カ月半後、津波で家を失った。浜育ちの夫は常々、津波に注意するよう口にしていた。娘は父の言葉を守り、素早く避難して無事だった。「お父さんが早く逃げろと言った気がした」と娘は話す。

津波は夫と私それぞれの実家をも奪い、古里をすっかり変えてしまった。古里が好きだった夫。寂しがりやで心配性で優しい人だった。生きていたら会社や友人、家族を心配し、いたたまれなかっただろう。

夕暮れ時、無性に会いたくて目の前がかすんでしまう時がある。

あなたが逝ってもうすぐ1年になります。頑張ってるから心配しないで。必ず会いに行くからね。

（2011・10・10）

秋を迎えて

渋谷政子（埼玉県川越市・無職　88歳）

暑かった夏も過ぎてしのぎやすい季節になりました。阿武隈川の堤防を越えた津波にこずえまで漬かったわが家のキンモクセイは、秋の香りを漂わせているのでしょうか。私は今、遠い埼玉で故郷・宮城県亘理町の秋を思っています。

日常生活が一瞬にして消えたあの日、私は犬を抱えて小学校の３階まで走りました。どうなるか想像もできない夜。明けるのを待って屋上から見た街は海水とがれきに埋もれておりました。

避難所から仙台の娘夫婦の家に移りました。毎日さまざまなことが頭に浮かび、ぼうぜんとなっている私に娘が声をかけてくれました。「お母さん、生きる喜びを、前を向いて…」

今は次男宅にいます。思えば、大正の関東大震災の年に生まれ、戦争も経験し、千年に一度の大震災に遭遇しました。また生き残れたのですから、これからも明るく暮らす工夫をしなければと思います。

私には今月末、卓球の全国大会（マスターズの部）出場が待っています。流されてしまった用具やユニホームをプレゼントしてくださった方をはじめ、優しく支えてくださる方々に感謝の気持ちいっぱいで練習に励んでいます。美しい自然に恵まれた故郷の復興を祈りながら。

（2011・10・17）

ポンチョとマント

高橋淑美（宮城県富谷町・児童指導員 47歳）

朝、テレビで情報番組を見ていたら、ことしはポンチョがはやっているという。私と同年代と思われる女性司会者が「これはマントでしょう！？」と言うのを聞いて、懐かしい思い出がよみがえってきた。

私が小学生のころ、母がキャメルで茶色のファーが付いたマントを姉妹おそろいで買ってくれた。それを着て3歳年下の妹と、仙台市の小田原から中山までバスを乗り継いで、ピアノレッスンに通っていた。

ある日の帰り道、途中のスーパーでお菓子を買ってバス代を使ってしまい、バスに乗れなくなった。「疲れた。歩けない」と泣き出す妹をなだめながら、ひたすら歩いた。自宅は酒屋でお菓子も売るほどあったのに、なぜバス代を使ってお菓子を買ったのか分からない。心配して待っていた母にしかられた記憶はある。

高校生の娘もポンチョを何枚か持っている。こっそり鏡の前で合わせてみた。意外に似合うじゃない、と自己満足に浸る。軽くて暖かいし、寒いときにさっと羽織れる。

帰宅した娘に「このマント、貸して」と言うと、「マントって、何それ。ポンチョって言うんだよ！」と笑われてしまった。

秋めいてきたこのごろ。顔色が良く、若く見える自分用のポンチョを探しに買い物に出掛けてみよう。

（2011・10・18）

あの時の思い出

鈴木和子（多賀城市・パート 55歳）

夫の一周忌を終えて、ほっとしていたところにあの大地震。津波まできてしまいました。寒くて暗い屋根の上で一晩、今にもこぼれ落ちそうな星空を見上げ、家族の無事を祈ったことが、きのうのことのように思い出されます。屋根を下り、津波をかぶったわが家を見て涙がこぼれましたが、多くの人たちの支援に応えるには、まずは足元からの復興と思い、再建に無我夢中でした。

そんな中、復旧を待っていたかのように一本の電話が。「大阪の山口です。大丈夫ですか」。聞き慣れない声に戸惑いましたが、お話を聞くと、二十数年前に主人の勤め先の研修で一緒だったとのこと。「その時、大変よくしてもらいました。鈴木さんに会って、東北の方の印象が良くなりました」と話され、面識のない私たちのことを案じ、支援物資まで送っていただきました。

山口さんが20年間も主人を忘れずにいてくださったことが、まるで主人が応援してくれているように思えてとてもうれしく、毎日生きるパワーの源になりました。人間は亡くなってからその人の価値が分かると聞きますが、つらく、悲しい震災を通し、主人の素晴らしさを再認識させられた出来事でした。

大阪の山口さん、ありがとうございました。

（2011・10・24）

小指の思い出

武内五月江　（仙台市青葉区・主婦　57歳）

猛暑が続いたことしの夏。家では素足で過ごしたが、外出する時は丈が短く涼しいカバーソックスを履いた。店頭にはカラフルでモダンな物、かかとや爪先をカットしている物、スパンコールやレースを施した物などいろいろあり、見ているだけで楽しくなる。

正座することが多い私には、両足の甲に十円玉ほどの座りだこがある。見た目が悪いので、隠れるように、カバーソックスには同色のレースで縁取りを付け足していた。

靴下と言えば以前、近所の人と立ち話をしていた時のこと。ふと彼女の足元を見ると、5本指のソックスを履いていていた。あれっ！　両方のサンダルの隙間から小指の袋がぴょこんとはみ出し、しかも空っぽ。よく見ると、薬指の袋に指が2本入っている。見ただけで〝いずい〟。「履いている5本指ソックス、変だね。いずくない？」と聞くと、「孫にもらったのだけど、1本ずつ入れるのが面倒くさくってさぁ」と真顔で言う。

「じゃ、袋1本ずつに番号を書いて履いたら？」と私。そんな会話をしながら2人で大笑いした。

仙台弁の〝いずい〟は他の言葉で表現するのが難しい。♪あなたが履いた小指がいずい～と歌いたくなった。

（2011・10・26）

80歳からのスタート

阿部さち子（宮城県七ケ浜町・無職　80歳）

「姉さん、トンビよ、早く早く」。世話になっている義妹の声で庭先に出てみると、電柱を止まり木にして、大きな鳥がこちらをうかがっている。「震災直後から来るようになったの。きっと被災鳥ね」。義妹が経過を最初から説明してくれる。

パンを放り投げると、じっと動かなかった鳥が急降下して空中で見事にキャッチ。止まり木に戻ると少しだけついばみ、残りを持って飛び去った。それから日課に。餌場がないんだから助けなければ…。

「同じだわ」と私はつぶやく。3月の大津波で家は全壊。9月から、同じ町内でも比較的被害の小さい弟夫婦の所に身を寄せていた。

トンビはいつの間にか3羽になった。後から来た2羽はちょっと離れた電柱だ。餌の空中キャッチは相変わらず大きなトンビだけ。縄張り争いかなと思っていたら、餌を2羽の所に運んだではないか。近寄ると1羽は幼鳥。家族なのだろうか。

「えっ、トンビが子育て」。感動で思わず声を上げていた。同じく被災した私はどうなのだろう。

避難先を二転三転。幸い知人の空き家を借りることができ、今はそこに一人住んでいる。これからはトンビを見習って何もかも抱え込まず、友人知人と語り合いながら愛する七ケ浜の復興を見守ろうと思う。

（2011・10・27）

突然のお別れ

佐藤ちえ子（仙台市青葉区・主婦　71歳）

花渕さんとのお別れは突然でした。ただぼうぜんとしました。

9月28日に仲間数人で食事をした時、人生最後の心構えの話をしていました。皆さんもうなずきながら、納得した顔でした。出された食事を全て召し上がり、92歳にしてはすごいと感心しました。

楽しい時間を過ごして帰途につきましたが、その夜、一人で救急車を呼び、病院に入ったと聞いて驚きました。そして、翌日亡くなられたというのです。

10月2日の夜、悲報がありました。告別式は3日。直接お送りすることができず、せめて弔電をと思い、感謝の気持ちとお悔やみを伝えました。誰しも、いつお別れが来るか分かりません。一日一日を大切に過ごしていく年齢に来ているのだと思います。

彼女は素晴らしい人生を送られました。ご主人も少し前に長寿を全うされています。将来は仙台市中心部の老人施設に入る契約をしていて、近くに来たら会えると楽しみにしていましたが、実現しませんでした。「周りに迷惑を掛けないで、ピンピンコロリと逝きたい」。ご本人が望んでいたように人生を全うされたのだと受け止めています。いつまでもあなたの笑顔を忘れません。

どうぞ安らかに。感謝を込めて。

（2011・10・28）

秋の夕焼け空

小野塚てる子（大崎市・無職　83歳）

10月も後半になると、朝夕に秋冷を感じる。野も山も日ごと色が変わってきた。秋は好きだが、深まるとともに寂しさも否めない。

曇り空がしばらく続いた後の18日は久しぶりの暖かい晴天。「きょうは美しい夕焼けが見られる」と、日暮れを待った。午後4時半ごろ、夕日が西の空を赤く染め、夕焼けになってきた。自然の美しさに感動する。

さらに、トンビと思われる数羽の鳥が高い所でぐるぐると回っている。その時、頭の片隅に、かつて大ヒットした三橋美智也「夕焼けとんび」の歌詞が浮かんだ。

この日と同じ状況が数十年前の現役時代にもあった…。

退庁時間前のいっとき、誰かを見送るため外に出た際、西の空がまぶしいくらい真っ赤に染まっていた。美しい夕焼けにしばし見とれた。その時、多くの人に歌われていた「夕焼けとんび」をハミングしたのだった。

「夕焼け空がマッカッカー　とんびがくるりと輪を描いたー　ホーイーのホイー」。まるできのうのことのようだ。本当に懐かしく、楽しくなる夕焼け空の思い出である。

やるせない世相だからこそ、自然の美しいものに長く心を寄せたいと思った一日だった。

（2011・10・30）

幸せと苦労の時間

坂本郁子（仙台市青葉区・主婦　77歳）

幸せの時間と苦労をする時間というものは決まっていて、遅かれ早かれその時間を経験しなければならないんだと、昔誰かに教えられたことがあった。

子どもの時からずっと弟妹の世話、両親、義父母の看病、孫を育てたりと、苦労の多い生活だった。それを見ていた人が、慰める意味で教えてくれたのかなと、今になって思う。

私はその言葉を励みに、幸せの時間も数えながら暮らしてきたような気がする。

考えれば、看病とか孫育ての合間を縫って外国に歌を歌いに行ったり、観光旅行をしたり。好きな歌は下手なりにずっと続けているし、卓球ではかけがえのない友達をつくった。幸せの時間も結構いっぱいあったなと思える。

最近は、自分が思いがけず病気になった。苦労の時間がまだ足りなかったのかなとも思った。だが、心配していろいろと手を貸してくれる人たちが周りにいっぱいいる。これも幸せのうちだとすれば、やはりトータルでは合っているのかなと考えたりしている。

そして、そういうふうにくよくよすることなく、何とかなるさと考えられる性格こそ最大の幸せなんだろうなと思っている。

（2011・10・30）

優しさを教えてくれた店

森屋徳子（栗原市・無職 68歳）

先日、いつもの店に薬を買いにいったら、シャッターが閉まっている。お休みなのかなあと思ってよく見ると張り紙がある。「長い間お世話さまでした」と、閉店のあいさつだった。思わず大声で泣いてしまった私に、隣で運転していた夫は驚いていた。

幼いころ、よく買い物をさせられた。うどん2把、灯油1升、小麦粉…。ある時は吹雪の中、また雨の中。ポケットに入れたはずのお金をなくして怒られた思い出もある。

しかし、薬の買い物だけは違っていた。薬屋さんに行くと、いつも優しく迎えてくれるおばさんがいた。「雨降りの中、よく来てくれましたね。偉いね。ほらほら中に入って暖まりなさい。ぬれた服は乾かしてあげるから」

ふっくらして上品なおばさんは、冷たくなった私の手を火鉢にかざしてくれた。

帰り道、暖まった体に乾いた服で心が満杯になり、うれしくて涙が止まらない。袖で涙を拭きながら、長い土手の道を家に向かったのを覚えている。

薬屋さんは時代の流れに勝てず、シャッターを閉めざるをえない状況だったのだろう。昔を思い出した一日だった。優しさを教えてくれた薬屋さん、ありがとう！

（2011・11・1）

やっぱり鍋が好き

渡辺洋子（神奈川県川崎市・主婦　69歳）

いろいろな鍋を持っていた。小さなミルク鍋から、めったに出番のない特大鍋まで、アルミ鍋は幾つもあった。

自活を始めた時に炊飯用に買った文化鍋は、嫁いでから炊飯器に取って代わられ、中華まんや瓶の牛乳の温め専用になった。土鍋は定番の鍋物用だけでなく、鍋焼きうどん用の小さいのが家族の数だけあった。ほうろうのおでん鍋は、卓上電磁調理器で鍋をするときに重宝した。キャセロールは結局、手作り梅干しの容器になってしまった。エコを意識して買った保温鍋は、炊飯器を壊した時に役立った。

欲しい欲しいと言い続けて、友人から圧力鍋をもらったこともあった。すき焼き鍋、しゃぶしゃぶ鍋を買ってきたのは肉好きの夫である。

毎日食事を作り、家族と食べていた平凡な日々は、夫の両親が亡くなり、子どもが独立して夫婦２人暮らしになっても続いていたが、すべてが３月11日の津波で流された。残ったのは、職場で「なべちゃん」と呼ばれていた夫だけである。

鍋は友人たちの支援で再び集まった。避難先で、時には故郷の料理なども作ってみるがどこか違う。食材が違うため、鍋が新しすぎるためということにしている。失った日常を取り戻すまで頑張りたいと思う。

（２０１１・11・10）

自分の今の顔

佐藤良子（気仙沼市・主婦　60歳）

新聞で「皆、自分だけは老けていないと思っている」という文章を読み、そうそう、そうなのよねと納得して笑ってしまった。他人の姿はちゃんと見えても、自分を見る目は甘くなりがち。

私は数年前から写真を撮られるのが嫌いになった。レンズを通してありのままの自分が写し出され、残るからである。

エーッ、これが私、ヤダー、となる。

自分の老いを全く自覚していないわけではない。むしろ分かっているから嫌なのである。

その人の歩んできた人生、生き方は姿に表れる。内面から磨かれ、年齢、容姿とか関係なくきれいな人に会うと、自分もこうありたいと願う。誰でもそうなる要素は持っていると思うのだが、うらやましがっても努力はしない。

髪がいい例である。白髪が増え染めなければと思うが、いつもきれいに染めていられる自信がなくおっくうになり、年相応でいいかなんて言い訳をしている。要は面倒くさがりなだけである。

還暦を過ぎた今、これまでの私から少し脱皮し、残りの人生を終えたい。

終わり良ければ全て良しと言うではありませんか…。

（2011・11・11）

大好物

佐藤正恵（仙台市宮城野区・臨時職員 38歳）

私の大好物は、おにぎりです。実家がある登米市中田町のお米は抜群においしくて、子どものころのおやつもお弁当も、当たり前のようにおにぎりでした。具はいつも梅干しです。たまに母が気を利かせてツナマヨの時もありましたが、やっぱり梅干しが一番好きでした。

おにぎりと言えば、あの大震災から2日たった日のことです。登米の両親が突然、仙台までやって来ました。ガソリンもなく道路事情も悪い中、私たち家族を心配して会いに来たのです。

余震が続く中、おにぎり20個とたくさんの食料を抱えてきました。母のおにぎりは、相変わらずげんこつぐらい大きく、具はもちろん梅干しでした。ご飯がまだほんのり温かくて、父と母の優しさに涙が出そうになるのを必死で我慢しながら食べました。父と母は食べ終えた私たちを見ると、帰っていきました。

本当ならば、娘の私が先に両親の所へ駆け付けなければならないはずです。親のありがたみと強さを感じました。私もわが子のために強くありたいと思いました。

今でもあの日のおにぎりを思い出すと涙が出ます。両親の優しさが詰まった味を生涯忘れることはないでしょう。だから、私の大好物はこれからもずっとおにぎりです。

（2011・11・13）

例年通り

花谷百合子（大崎市・主婦　66歳）

ことしも宮城県内の親類から新米をいただきました。福島第1原発事故の影響が心配される中、放射線量測定で安全と分かって出荷が始まり、農家の皆さんはほっとしていることでしょう。

いただいた新米を早速炊きました。香りの良さに食欲をそそられ、炊飯器のふたを開けるのももどかしく、いざ試食。「おいしい」の連発です。

この米は、例年、お世話になっている札幌と東京の方におすそ分けで送っていました。

ただ、ことしは風評のことがあり、いつ梱包（こんぽう）して発送しようか迷っていました。「河北川柳」には10月9日、〈迷いますす送っていいのか新米を〉という句が載りました。私と同じ心境…。でも1週間後、同じ欄で〈風評をはねつけ新米てんこ盛り〉に目が留まって迷いが消え、勇気が湧きました。「そうだよねー、実行！」。即発送しました。

お礼の電話は「すごくおいしかった。たくさんの涙と努力が染み込んでいるみたい」と涙声でした。

川柳の後押し？で例年通りに送ることができ、胸のつかえが取れたようです。〝絆〟にパワーをもらって風評被害が一日も早く収まり、復旧・復興が進むよう願っています。

（2011・11・18）

地味な毎日

菅野久美（仙台市宮城野区・主婦 35歳）

今春から次女も幼稚園に通い始め、長女の時から数えて8年間の子どもとのべったり生活に一区切りがつきました。

やっとできた「一人時間」なのに、私は遊び下手、気晴らし下手で、ぽっと空いたこの時間も家事の続きをしたり、新聞を読んだり。お昼は冷蔵庫にある残り物で済ませ、外出先は近所のスーパーです。

華やかなことは全くなく、われながら地味な毎日だなあと思います。10、20代だったころの私は、もしかして今の私にがっかり、かもしれません。

大きな仕事がしたくて肩肘張って、思い描いていた目標に届かない自分に満足できず、時には通院しながら会社勤めして、それでも結局は退職。挫折だけが残ったように思っていました。でも最近は少し違ったように考えられる自分がいます。

3月の震災後の日々は食べること、家族のこれからのことで頭がいっぱいで、正直思い出すのもつらいし、不思議なことに毎日何をしていたのか、よく覚えていないのです。

生きる意味を難しく考えると悩みも多くなるのかもしれません。若いころの私も今の私も大切に思えるようになりました。身近な人たちと、地味だけど穏やかな日々を大事に生きていこうと思っています。

（2011・11・19）

喪中はがき

久道堯子　（宮城県涌谷町・主婦　80歳）

ことしは年賀状ではなく喪中はがきを出さなければならない。早く早くと気にしながら11月を迎えてしまった。知人からの喪中はがきも届くようになってきた。娘に印刷してもらい、やっと取り掛かった。「東日本大震災により母、弟、義妹が永眠しました」と印刷されたはがきに、宛名を1枚ずつ書く。夜、一人こたつでテレビの音を聞きながらペンを執る。3日かけてポストへ。

はがきをあらためて見る。優しかった母の顔が思い出される。100歳になるという元気印だった。盛大にお祝いをしようと計画中だったのにと思った途端、涙が出てきた。

毎年暮れになると、石巻市北上町から野菜を届けてくれた弟夫婦。「おらいは実家だから何があっても飛んで来る」と言ってくれた。頼りにしていたのに。「浜だから津波に気をつけてよ」と言うと、「絶対にこまでは来ない。大丈夫」と答えていた弟夫婦だった。

どうして、どうしてという思いの毎日だった。想定外の津波だから仕方ない、実家だけではないから仕方ないと思ってみても、喪中のはがきを書くのは悲しくつらい。

ことしは私のような思いではがきを書いている人も多いと思う。これからは母の分、弟夫婦の分まで頑張っていきたいと思っている。

（2011・11・22）

ちばりよー！

片岡多美子（石巻市・自営業 65歳）

「大変だったねぇ、ちばりよー（頑張って）」。石巻から来たと言うと、会う人会う人が声を掛け、優しく手を取ってくれる。

東日本大震災後、義妹が住んでいる縁で、沖縄県北谷町役場や町内会の方々がチャリティーライブを開き、宮城県や石巻市に義援金を送ってくれた。さらに、私の家にも心配して来てくれた。

震災から8カ月たち、先日、ようやくお礼にうかがうことができた。5カ月ぶりにお会いする皆さんの、明るい笑顔での迎えにほっとした。アシ原の腐葉土で育てた新米と、追波川のシジミを使った「しじみクッキー」の手土産も、感慨深げに受け取ってもらえた。

皆さんは被災地を訪れることに少なからず抵抗があったそうだ。しかし、悲惨な状況を見て感じて、埋め立て地が多い沖縄にとって人ごとではないと思ったという。

役場併設の資料館を案内していただき、夜は町長さんを交えての懇親会も開いてくれた。

このたび知り合った沖縄の皆さんからは飾らない優しさと温かさを感じた。

お礼に来たのに、また励まされた。「ちばりよー」の声に応えるためにも早く復興をと願いながら帰ってきた。

（2011・11・23）

ありがとう農業人生

菊地村子（宮城県亘理町・農業　73歳）

11月ごろは農作業が片付き、米代金や直売所収入で懐が暖まり、一番うれしい時季のはずなのに…。未曽有の大震災は、多くの人の普通の生活を一瞬にして奪い去ってしまいました。

わが家も、田んぼに加え、コンバインやトラクターなどの農機具が海水に漬かり、使用できません。「75歳まで現役農民」を目標に頑張ってきましたが、ことしの米作りは断念しました。

昭和初期ごろの農業は、牛や馬を使い、全てが手作業の重労働でした。朝早くから夜遅くまで働き続けました。農家の嫁は体が丈夫でなければ務まりません。

実家に帰ると、戻るのが嫌になって、何度も両親に送られてきました。きのうのことのように思い出されます。

でも、両親が歩んだ農の道を、私もまた歩み続けて50年。辛苦に耐えてこそ、今の自分の幸せがあるのです。

泥をかき出したハウスでは今、アスパラ菜が盛りで、直売所に出荷しています。土のぬくもりを感じながら四季折々の野菜作りができることに感謝しています。

ありがとう。素晴らしい日本農業。残された人生、野菜作りで頑張ろうと思います。

（2011・11・23）

楽しかった2日間

鈴木栄子（栗原市・主婦 69歳）

4年前、何げなく受けた脳ドックで異常が見つかり、これで私の人生もおしまいかと目の前が真っ暗になりました。でも自分の体は自分で治さなくてはと気を取り直し、3年の経過観察の後、お医者さんの勧めで昨年12月に手術を受けました。

手術室のドアが閉まり、「麻酔ですよ」の言葉を最後に私の意識は遠のきました。幸い、さんずの川に寄り道せず、12時間後、集中治療室で娘と家族に再会できました。この時は現代医療の素晴らしさと、私を支えてくださったたくさんの方々に感謝の気持ちでいっぱいでした。

今年に入り大地震、夏の暑さを乗り越え、車の運転もできるようになりました。そんな時に看護学校に行っている孫の戴帽式に娘から誘われました。不安がありましたが夫に「行って孫の姿を見てきたら」と背中を押され、千葉県へ向かいました。

看護師長さんにナースキャップを載せていただき、キャンドルを持つどの学生さんも輝いて見えました。私は「おめでとう。病む人に寄り添う優しい看護師さんになってね」と心の中で願いました。

2日目は東京に立ち寄り、会いたかった叔母と再会し、たくさん元気をもらいました。楽しく有意義だった2日間。こんな機会をまた持ちたいと思います。

（2011・11・24）

拝啓　あんつぁん　（2011～12年　冬）

布団作り

村上加代子（仙台市青葉区・無職　67歳）

軒先に干してある里芋の茎や皮をむいた柿が揺れるころ、亡き母は白菜を洗って大きなおけに漬け込む仕事が一段落すると、次は布団作りに取りかかっていました。

綿ぼこりがかからないようにと、大きな風呂敷をたんすにかけて、綿入れが始まります。夜に縫っておいた布団の布地を部屋に広げ、私に手伝わせながらの綿入れです。

フワリフワリと立ち上る綿ぼこりの中を母は右へ左へと忙しく動き回ります。「綿はね、布地より少し大きめに入れるんだよ。でないと、あとから布団ができてから、綿が布団の中で泳ぐんだからね。そこの角をきちっとしないと駄目」と、手を動かしていました。

みるみるうちに綿が入れられて柔らかくて暖かい布団に仕上がっていきます。昨今は既製品が多くなりましたが、昭和のころは既製品の布団はあまり見ませんでしたから、私は布団は買う物ではなく、作るものだと思っていました。

先月放映されたテレビで、ご自身も東日本大震災で被災されたにもかかわらず、仮設住宅住まいの人のために布団を作っておられる方を見ました。「寒い東北の冬に、手作りの暖かい布団は何よりの品ですもの」。母がよく言っていた言葉を思い出します。

（2011・12・1）

湯たんぽ

杢師《もくし》由紀 (宮城県山元町・主婦 47歳)

午前4時30分。外はまだ暗い。一晩中布団の中で私を温めてくれ、まだほんのりとしている湯たんぽをおなかに抱えて洗面所へ。そのお湯で顔を洗い、一日がスタートする。息子のお弁当を作り、朝食の準備を終えたころ、やっと外が明るくなってきた。

思えば、小さいころから湯たんぽが大好きだった。いつも布団の中には湯たんぽがあった。

大学生になって、アルバイトで帰りが遅い夜も、父が湯たんぽを入れておいてくれた。ほんわかとした温かさが、疲れた体を優しく包んでくれた。

仙台の実家では、湯たんぽにお湯を入れる係は父だった。父は「すごいだろう。一滴もこぼさないように、こうやって慎重に入れるんだぞ」と、家族のためにやかんからお湯を注いでくれた。

父は80歳になった今でも、こぼさずに入れているようだ。

3月の大震災でガスや電気が止まった時は、反射式石油ストーブを使ってお湯を沸かし、湯たんぽで体を温めた。

先日、父から「年末にこっちに来る時は、自分の湯たんぽを持ってくるんだぞ」と電話があった。ことしもマイ湯たんぽを持って実家に泊まりに行こうと思う。

(2011・12・2)

音楽発表会

佐々木美佳（仙台市太白区・主婦 44歳）

先日、小学6年生の息子の音楽発表会に行ってきました。プログラムが進み、いよいよ最後の6年生の順番となりました。6年生は「手をたたけ」「涙をこえて」「かけがえのないこと」「Ｓｔａｎｄ Ａｌｏｎｅ」の合唱です。

全員の息の合った歌声に胸が熱くなりました。困難なことがあっても前を向き歩いていこう…。そんなメッセージが伝わってきました。

あの大震災で息子の小学校も被災。体育館での授業、間借りした近くの小学校への通学、秋になってようやく本校に戻っての授業と、大変な思いをしました。

小学校の外壁には大きなひびが入り、震災直後の息子は学校へ行くのがとても不安な様子でした。それでも、今こうして元気に大きな声で歌えるようになったのは、支えてくれた先生方やたくさんの友達のおかげだと思っています。

息子は1年生の時に、引っ越しや入学という環境の変化から不登校になりました。みんなが学校にいる時間に家にいた息子が仲間の輪に戻れたのも、多くの方が温かい手を差し伸べてくれたからだと思います。

♪ちいさな光が歩んだ道を照らす

悲しみや苦しみを乗り越えた小さな光が連なって、きっと確実な軌跡になるのだと思います。

（２０１１・12・３）

力、見ていてね

森恵子 (仙台市青葉区・主婦 60歳)

いつもいつも、力(ちから)はどうしているのだろうと思っている。私の宝物だった26歳の息子。3月11日に大震災で亡くなってしまった。どんなに苦しかっただろう…。

そんなことを思いながら布団に入ったら夢を見た。「俺は力じゃないよ」とにこにこしている。明るくひょうきん者だった、いつもの力の顔だ。「似ているけど違うんだよ」と言い、隣の部屋に行ってしまった。

傷ついた猫や犬が私の枕元に吹き飛ばされて来る。まるで私に手当てをしてくれと言わんばかりに。「天国も忙しいんだよ。けがした人でいっぱいなんだ」と、力が言っているようだった。優しく世話好きだったから、天国に行っても、人のために薬を飲ませたり、傷の手当てをしたりしているのだろう。やっぱりあの子は力だと思った。「天国で元気にやっているよ。母さん、安心して」と、自分の姿を私に見せてくれたのだろう。

涙の日は続くと思う。ボランティアの関係で歌う日が近いのに、まだよく歌えない。でも力に負けないように、いっぱい練習しなくちゃ。夢から元気をもらった気がした。

力の兄は、きょうは山形だと朝6時に出ていった。姉は石だらけの庭を花でいっぱいにしたよ。力、見ていてね。必ず元気になるからね。

(2011・12・11)

サボテンの花

佐々木ゆかり（仙台市宮城野区・派遣社員 43歳）

10年前に知人から「きれいな花が咲くから」と、小指ぐらいのサボテンの株をいただいた。あまりにも小さな株だったので、ちゃんと育ってくれるのか、とても不安だった。水をやるぐらいで、管理の仕方は自己流。でも昨年ぐらいから、まん丸くサボテンらしくなってきた。

3月の大震災で、その成長したサボテンの鉢が倒れた。土からも飛び出した。ため息が出る。震災当日は急いで小学校へ避難したため、鉢は転がったまま。手をかけられたのは、4月に入ってからだった。鉢に土を入れ、縁側から軒下へ移した。

それからずっと放置していた。だが、サボテンは8月の暑い最中、トゲトゲ部分からピューンとシュートを伸ばし、大きなつぼみをつけていた。次の日の朝には、月下美人のような大輪の薄いピンクの花が咲いた。

震災があったこの年に花を咲かせてくれた…。感無量だった。「やっと咲いてくれたね。ありがとう」と心の中でつぶやく。記念に写真を撮った。

震災で疲れた心を花で癒やされた。サボテンの力強さも知った。10年間待った花は、知人の言っていた通り、とても美しかった。

（2011・12・14）

レッグウオーマー

八木紀恵子（登米市・主婦 77歳）

急に寒くなり、昨冬から愛用しているレッグウオーマーなるものをはきました。

ふと思い返しますと、明治12年（１８７９年）生まれの祖母は冬になると、メリンスの布で脚半を作って脚に巻いていました。また、布を長方形に縫い、綿を入れ、ひもを付けて、ウエストで結ぶ腰布団も着けていました。

今、毛糸で編んだものを腰にまとっている人を見ますと、素材やデザインは違っていても、何のことはない、腰みのなのです。歴史は繰り返す、です。

祖母は座布団も敷かず、こたつにも入らず、長火鉢のそばに座って、孫たちにノリ餅を作ってくれたり、ギンナンを焼いてくれたりと…。

餅を炭火で焼くことも少なくなり、レンジやオーブンを使うこのごろ。便利ではあるけれど、潤いのない生活になってしまったなあ、と感じています。

そんなこんなを思いながら、まずはレッグウオーマーをはき、重ね着で体を温め、節電の冬を乗り切りましょう。家を無くし、仮設住宅で過ごす人たちのことを思えば、少々のことは我慢を。

災禍に明け暮れた年。身内を2人亡くし、友人も失った。良い年の訪れを心待ちにしています。


（２０１１・12・15）

日々これ好日

上野悦子（宮城県富谷町・主婦　47歳）

「まるで亡くなった立川談志師匠だわ」と鏡を見てため息をつく。数日前からの頭痛が続き、冷却シートをバンダナで頭にくくりつけ、弁当作りを終えた。せっかく漫画『綿の国星』（大島弓子）をまねて買ったフリルのエプロンも台無しである。

仕事を辞めた途端、母が入院、2カ月が過ぎようとしていた。夫と長男、3男は東京勤務。次男は仕事と外泊でほとんど家にはいない。

80歳の父と47歳の私との2人暮らし。どちらが悪いのでもない。ただ世代が違うのだ。家と病院の往復と父との葛藤の日々。「神様はきっと、子育てを手伝ってくれた両親に恩返しをしなさい」と時間を与えられたのだ。そう自分に言い聞かせる。

姉や友人たちから励ましの言葉をもらい、気を取り直す。だが頭痛は続く。そんな時、私の好きなＦＬＯのケーキが一つ、冷蔵庫に入っていた。「お前が好きそうだから」と、父がぽつりと話す。肩を下げて犬の散歩に行く父の姿が寂しそう。「優しくしてあげないと」。日頃の態度を反省。クリスマスプレゼント用にゴディバのチョコレートの下見に街へ出掛ける。

帰ったら母の退院日が決まった。父の好物の大根を煮よう！　葉でビビンバ用ナムルを作ろう。父とタイを買いに行くことにした。

（2011・12・15）

母子手帳

山縣嘉恵（塩釜市・主婦 43歳）

あれもない、これもない。震災後、別の土地で生活していると、自宅とともに、中にあったいろいろな物も津波で流されていったのだと気付く。

母子手帳も流失した。息子の予防接種に必要となり、まず、今住んでいる市の担当部署に電話した。震災時まで住んでいて接種履歴の分かる東松島市役所で再発行してもらうといいと教えてもらった。すぐに電話した。

担当の保健師さんは、私が取り急ぎ用件を伝えると、「大変でしたねー。皆さん、お体はいかがですか」と一言。とてもゆったりと丁寧に対応してくれる。重いふたをしていた自分の中の思いがあふれてきて、涙が止まらなかった。

忙しさの中で、何だか立ち直れなくなりそうで泣くのも我慢していたんだと気が付いた。

母子手帳は予防接種の際に必要なのはもちろんのこと、進学や就職などさまざまな場面で大事になってくると教えていただいた。心配事があれば連絡くださいと、親切に言ってくださった。

再発行の母子手帳には、接種履歴がきれいに記入され、具体的データの紙も添えてあった。保健師さん、お忙しい中ありがとう。母子手帳、大事にします。

（2011・12・16）

卯年よ！振り向かないで

小林好野（岩沼市・農業 72歳）

私は卯（う）年生まれ。米作り野菜作りにボランティアを楽しくと、ことしの年明けに誓った。しかし3月11日以後、地震と津波と台風に襲われる卯年に変わってしまった。

田や畑や家の生活用品、農機具も軽トラも乗用車も、あの津波がみんなさらっていった。

ことしは一粒の米さえ作れない米農家である。97歳の義父にとって師走の大切な習慣、しめ縄作りもできなくなった。わらがないのだ。

昔から神仏を大切にしている義父は毎年、新しいわらを丹念にしごき、塩と水で清めて縄をない、コンブや松葉を間に挟み、お幣束を作って下げていた。ことしは諦めざるを得ない。

「世相も時代も一変した。しょうがない」と、義父は前向きに話す。ことしは市販のしめ縄を買い求めて飾る。

うれしさや喜びを味わった年でもあった。野菜や果物の差し入れに感謝の念でいっぱい。ゴーヤ、ナス、キュウリなど、いただいては近所の人たちと分け合い、絆が強くなった。温かい手をありがとう。

新しい年が、心の再スタートの年になればいいと思う。卯年にできなかった内緒のささやかな計画を来年実現できたらと、ひそかに念じている。

（2011・12・18）

一つの終わりは…

前田博子（仙台市青葉区・主婦 67歳）

30年近く続けたクリーニングの取次店を先日閉じた。自宅に併設した小さな店だが、私にとっては居場所であり、お客さんとのコミュニケーションの場でもあった。「そろそろのんびりしよう」と思いつつ、閉店まで1年近くかかってしまった。

小さくても店は店。朝7時半に開き、夜7時に閉めるまで店中心の生活になる。食事中も「ピンポーン、ピンポーン」のチャイムの音で走っていく。口の中はモグモグ…。外出する時は「○時から開けます」と店先に札を下げ、大急ぎで用を済ませて帰ってくる。台所と店を往復しながら3人の息子を育てたので、日々が慌ただしく過ぎた。

閉店までは一つ一つ片付けるごとに肩の荷が下りるような解放感があった。遠くに住む長男に閉店をメールで告げると、「自転車で配達を手伝ったのを思い出した」と返事が来た。「自分一人で続けた」なんて思っていたが、3人の息子がそれぞれ手伝ってくれたことを懐かしく思い出した。家族と地域の皆さんに支えられた30年。本当にありがとうございました。

「一つの終わりは一つの始まりでもある」という言葉を先日、耳にした。私にとっての始まりは友人の誘いで始めた「貯筋」。筋力トレーニングをして元気に老いたいと思う。

（2011・12・21）

冬の夜

佐藤文子（仙台市若林区・会社員　63歳）

仕事帰りの夜空を見上げると、あの日の夜と同じように美しい星空です。

3月11日、仕事が休みで自宅にいた息子は震災に遭い、5カ月という長期の入院を余儀なくされました。

退院した今、多くの犠牲者がいる中で自分が助かったことに後ろめたさを感じ、心身共に傷を負って、息子の顔から笑顔が消えました。

そんなある日、息子の小学校1年、2年の時の担任だった先生から、友人を通して「亮君の写真があるから差し上げたい」との連絡がありました。

早速、先生宅に出向きました。何しろ家ごと全て失ったので、写真は1枚もないのです。

一冊のアルバムにしていただいた写真の中の息子は、まだ幼い顔で元気に笑ってばかりいます。写真の中とはいえ、笑顔の息子を見た私は、涙をこらえるのに必死でした。

家に帰り、いただいたアルバムを手渡すと、照れくさそうに見て、さっと閉じてしまいました。

夜遅く息子の部屋をのぞくと、布団の中にしっかり抱え込んだアルバムと一緒に、穏やかな顔で眠っていました。

きっとまた大きい声で笑う日が来ることを信じ、あらためて先生と友人に感謝した夜でした。

（2011・12・23）

語り継ぎ

尾形京子（大崎市・無職 75歳）

「語り継ぎ」に力を入れた一年でした。

15年前、私は病魔に襲われ半身不随になりました。以来、世の中の全ての方に支えられ助けていただき、今日を迎えています。大地震の恐怖も何とか遠のき、少しでも自分にできることで世の中に恩返しせねばと思いました。

幸い、私には言葉を話す機能が残されています。これを生かして、年を重ねた者だからできることをと思い、母校の小学校を今月訪問。私が過ごした六十数年前の話をしました。

学校は木造だったので天井の節穴から2階の子がごみを落としてよこした。夏休みになると田の間を流れる用水堀で、フナやアメンボ、ビッキ（カエル）と一緒になってビッキ泳ぎをした。秋は学校行事でハッタギ（イナゴ）捕りと落ち穂拾いをして、学校がお金に換えて私たちに鉛筆やノートを支給してくれた。

そんなことを紹介し、時代の違いを知ってもらいました。

11月には、高校生に太平洋戦争終結時に旧満州から引き揚げた体験を聞いてもらい、戦争の恐ろしさと命の尊さを伝えました。

平和を守り続けることが、生き残った者に課せられた使命です。命の限り語り継ぎたいと思っています。

（2011・12・24）

もう一度

阿部喜恵美（石巻市・パート56歳）

君と出会ったのは17年前、2月の底冷えのする休日でした。ぜんそくを患う母を考え、家に連れ帰るのは諦めて夕方帰宅。ところが君のことを話した途端、「連れてございん」と母。それからが大変でした。生まれてすぐ捨てられた君は手のひらサイズ。ミルクを飲むのも哺乳瓶。仕事をしていた私は夜、昼間は母が世話をしました。

今思えば母は、自分が亡き後のことを君に託そうとしたのかもしれません。いろいろあったけれど、乗り越えてこられたのは君が私のそばにいたからと思えます。

私にとって、君と発達障害を抱える息子は兄弟のよう。息子を絶えず気にかけ、時には私と息子の間に入る君は、言葉は話さずとも十分兄弟の役目を果たしてくれました。

3月11日、留守番をしていた君は津波の犠牲になりました。君を思うたび心が苦しくなります。

あれから2度、君の夢を見ました。最初はあぜ道を歩いていて名前を呼んだら振り返った。次は仮設住宅の玄関を開けたらお座りしていた。生前の君は黒かったのにどちらも白い姿で、はっとして目覚めました。

できるなら震災前に戻りたい。17年間家族として過ごし、私を支えてくれた愛犬を抱きしめ、「ごめんね。ありがとう」と言いたい。

（2011・12・25）

明かりをともして

南野陽子 （盛岡市・会社員 24歳）

２０１０年の大みそか、ＪＲ東北線は雪のため列車に遅れが出ていました。盛岡市に帰省するため、私は船岡駅（宮城県柴田町）のホームで列車を待っていました。

それから数時間後、故郷の駅前は一面雪。家路に就こうとする人でタクシー乗り場は長蛇の列でした。何とか乗ることはできたものの、家の前の坂が急で、車が上れません。仕方なく、膝まで雪につかりながら家までの坂を上りました。

やっとたどり着くと、玄関の明かりが私を出迎えてくれました。しかし、大雪のため、家では地上波放送が映りません。大雪に巻き込まれた年越しでした。

２０１１年もテレビが映らなくなりました。3月11日です。家に着くと、電気がつかず、母がろうそくをともして愛犬と待っていてくれました。テレビで情報を得ることができたのは2日後の夜でした。

大震災の時は、店の照明も信号も消えた中、帰宅するのが不安でした。多くの人の心の明かりまで消えてしまうような感じがしました。今は、家にともる明かりを見ると安心します。震災で、日常の明るさの大事さにあらためて気付きました。

２０１２年は明るい話題が絶えませんように。どうか元旦にはきれいな初日の出を見られますように。

（２０１１・12・29）

かるた取りの思い出

高橋とし子（仙台市青葉区・無職　94歳）

私の生まれは雪深い田舎町です。お正月になると、女性たちにとってかるた取り（百人一首）が何よりの娯楽。夜7時ごろになると、角巻をかぶり子どもを連れて、その夜の目当ての家へと向かいます。迎える方は早くから山ほどの炭を起こして火鉢に分け、部屋を暖めて待っています。そこへ6、7人駆け込み、かるた取りが始まります。

スタートは静かですが、進むに従って熱を帯びてきます。札は右へ左へと飛び散り、ひっかき傷で悲鳴を上げる人も。おなじみさんの飛び入りがあったりすると、一段と盛り上がります。零下の寒さも何のその。読み手の声など聞き取れない始末です。

10時になると一休み。熱い甘酒を振る舞われ、後半へと突入です。12時の鐘の音とともにお開きとなります。未練を残し、余韻を楽しみながら帰路に就くのです。帰り際に「今夜のあだは明晩返す」と悔しさをぶっつけていく人もいます。

ふとこたつを見ると、子どもがいる…。忘れていったんだと大笑い。急いでおんぶして後を追いかけるということが、一冬に1度か2度はありました。

この年になっても、お正月が来るときのうのことのように思い出します。

（2012・1・6）

2度の危機を乗り越えて

浅野知子 （石巻市・主婦 35歳）

一昨年の12月30日、私は妊娠32週目で突然破水し、早産で２０２４グラムの男の子を出産しました。主人が野球好きなので「塁」と名付けました。初めて抱っこした息子は小さくて、手はもみじのようでした。昨年の年明けは病院で過ごしましたが、正月気分ではありませんでした。

塁君はＮＩＣＵ（新生児集中治療室）に入って順調に育ち、1月末に私たちの所に帰ってきました。しかし3月11日に東日本大震災が起き、新築して4カ月の自宅は全壊。私たち親子は私の実家に避難して無事でしたが、近所に住んでいた主人の母が津波にのまれて亡くなりました。

私と息子は一時、私の母の生家でお世話になりました。私の実家は大規模半壊でしたが、両親や主人が必死に片付け、修繕し、３カ月余りで再び生活ができるようになりました。それからは私の実家でみんなで暮らしています。

塁君はその後もすくすく成長し、風邪もひかず元気いっぱいで、やんちゃな男の子になりました。生まれてきた時からは想像つかないくらいの成長ぶりに、親としてうれしく思います。これからが楽しみです。

1歳になった塁君。ことしも周りの人を明るくさせる、元気印で輝く息子でいてくださいね。

（２０１２・１・７）

父親

熊坂せい子（気仙沼市・主婦　47歳）

8年以上も人工透析をしていた全盲の父は、昨年3月の大震災で、通院していた病院での透析が一時できなくなった。秋田県内の病院に移り、数週間後に戻ってくることができたが、そのころ、透析仲間の訃報も入ってきた。

私は、20歳になった娘がお盆に東京から帰省した時、成人式写真の事前撮影をして父に見せてあげようと思い、美容室を予約した。目は見えなくても感じ取れるはず。父も、自ら子守をして育てた孫だから、とても楽しみにしていた。

ところが8月7日、容体が悪くなり入院。危篤状態に陥った。娘が駆け付け、「じいちゃん、頑張って」と声をかけると、力を振り絞るように大きな声で「おれは、死なないぞ」と起き上がろうとした。そして、東京へ帰る孫に「小遣いをあげてやれ」と母に言った。私は、1月まで何とか生きて、と願った。それはかなわなかったが、父は入院してから気力だけで54日間も生き抜いた。

私たち家族は、父から最後まで諦めない強さを教わった。仕事一筋で、子には厳しい父親であったが、孫には優しいじいちゃんだった。成人式を迎えた孫の姿を天国から見てくれたことだろう。全盲になってから8年間も見られなかった孫の姿を。

（2012・1・11）

同級会

多出村とみ子（宮城県利府町・パート 47歳）

とうとう4回目の年女を迎えてしまった今年のお正月、数年ぶりに故郷、栗原市での同級会に出席しました。

毎年、お盆とお正月には開催されているのですが、地元を離れた私はすっかりご無沙汰していました。顔も忘れられているのではないかと不安を感じていましたが、「全然変わっていないから分かるよ」の言葉に、うれしいと言ったらいいのか、複雑な思い。みんなも記憶の中のままで、若々しく感じます。きのうまで同じ教室にいたような気持ちにトリップ。

もう孫のいる人、独身の人、独身に戻った人など、暮らす環境も土地もさまざまですが、こうして集まることができるのは幸せなのだと思います。それぞれ悩みはあるようですが、いっぱい笑って話ができました。

ある男性が「故郷は時間の流れが違う。休みが終わって帰るころに急に流れが速くなる」と言っていました。たまには自分の原風景を確認し、ゆるりとした時間に浸ることで、また元気がもらえて頑張れるのかもしれませんね。

暮らしも体も変化する年齢になりましたが、また元気でお会いしましょう。次の機会を楽しみにしています。

（2012・1・11）

朝のひととき

万代宮子　（仙台市泉区・主婦　65歳）

今朝も住まいのベランダ越しに夜が明けていく。起きた時は赤黒かった空が次第にオレンジ色に染まっていく。横たわる雲の端を黄金色に染めながら太陽が昇ってくる。神々しくて、思わず手を合わせたくなる。まれに、太陽が雲の具合で仏様のように見えることもある。いにしえの人々もこのような日の出、日の入りを見て西方浄土を夢見たのだろうかと思ってしまう。

わが家のベランダは東向きで、並ぶ民家の屋根の向こうは仙台港、そのまたずっと向こうは石巻市の牡鹿半島である。

昨年の大震災以前はその半島に住み、泉ケ岳（仙台市泉区）を朝に夕に眺めていた。天気の良い日は白衣大観音様も見ることができた。半島は快晴なのに泉ケ岳は雪で真っ白だった。休日前の夜はスキー場の明かりも見えた。

それが今は泉ケ岳の近くに住み、夜明けの空を眺めながら震災前の半島の生活を思い出している。

現在その地に住む多くの友人、知人、亡くなった人々に思いをはせる。そして故郷が一日も早く普通の生活に戻れるよう祈る。

私の朝のひとときである。この夜明けの移り変わりを味わいたくて、暗いうちに暖かい布団から抜け出す毎日である。

（2012・1・14）

今年の年賀状

佐藤とも子（仙台市宮城野区・無職 62歳）

今年の年賀状は特別でした。

「おめでとうございます」と書く気分には、とてもなれなかったのです。さんざん考えて「希望」という語を選びました。背景には、レンギョウが青空をバックに咲いている写真を使いました。花言葉が「希望」の花を探して、やっと見つけました。

私が受け取った年賀状にも、迎春や賀正ではなく、他の言葉を書いたものが少なからずありました。一文字ではえとにちなんだ龍以外に福、翔、道、凛。二文字では感謝、曙光、そして私と同じく希望。他に「一陽来復」や「ありがとう」「今年は良い年に」という具合でした。素直に「おめでとう」と言えない年賀状を出すことなど、これまでなかったのではないでしょうか。

そして、もっと特別だったのは、年賀状を出すことのできない方々が大勢いたという現実です。2万人近い死者と行方不明者には、それぞれ家族、親戚がおられ、その方々はいまだに深い悲しみの中で日々を過ごしておられることと思います。

東日本大震災は過去のことではなく、現在進行中の事態です。復興には長い時間がかかりそうです。被災地で「新年おめでとう」の言葉が自然に行き交う日が少しでも早くきてほしいと思います。

（2012・1・18）

女の文箱

坂田信子（角田市・主婦 62歳）

今の季節は畑仕事や屋敷内外の草取りから解放されます。趣味の登山の本も見飽きたので、久しぶりに図書館に出向きました。

館内をひと巡りして時間を有効に使える本を見つけました。「ティータイム」投稿を収めた「女の文箱（ふばこ）」第一集～三集です。ティータイムを愛読している私はすぐ借りてきて読みました。

ティータイム誕生は昭和36年5月で、47年から朝刊に掲載されたとのこと。日常の喜び悲しみ、家族への愛や思い出が詰まっています。特に私と同年代の方の投稿には、なるほどと思うものがたくさんありました。

四十数年前の投稿には「パソコン」や「携帯電話」などという言葉は見られませんが、いつの世も女の考え、感情は同じだと感じます。

多事多難の長い人生行路を歩んでこられた方や、戦後の食糧難を生き抜いてきた方がいます。私たちの年代は貧しくても白いご飯をいっぱい食べて育ちました。あらためて幸せだと思います。

昨年の東日本大震災で多くの方々が被災され、悲しく苦しい体験をティータイムに投稿されました。この震災も忘れられることなく、「女の文箱」のような形で何世代先までも読み継がれていくよう願っています。

（2012・1・22）

転ばないように

堀江ふみゑ（仙台市青葉区・主婦 93歳）

高齢の割には、ことしもたくさんの年賀状をいただきました。その中の1枚に、一昨年の暮れに転んで骨折し、丸1年以上になるのに1人で歩けず大変と書いてありました。

このごろは「転ばないように」が私たち高齢者の合言葉のようです。私も90歳をすぎ、築50年近くたった段差の多い家で暮らしています。周りは右を向いても左を見ても前も後ろもみんなビルばかりで、このような古い家はほとんどありません。

転ぶのが怖いからあまり出掛けません。でも家の中で転ぶ人もいるようです。本当に高齢者は危ないです。私はトイレに行くにもカーテンを引くにも、どんなささやかな作業の際でも、頭の中で「転ばないように、転ばないように」と言っています。

病院の先生は帰り際に「転ばないように。気を付けて」と言ってくれます。その言葉を守って、つえをつき、慎重に歩きます。家に着くとほっとします。

息子、孫たちも年賀状で「寝たきりになるから転ばないように」と心配してくれます。うれしいです。ありがたいです。

ことしも転ばないように気を付け、毎日を大切に生きていこうと思っています。

（2012・1・24）

昔話になるけれど

佐々喜久子（角田市・無職　81歳）

雪に見舞われて寒さが一段と厳しく感じられる今日このごろ。被災地の方々はどんな思いで過ごしているのでしょうか。

編み物などをして日を重ねておりますが、このごろなぜか、無性に50年ほど前の今の時季を思い出しております。洗濯物がパリパリと凍ってしまったこと、井戸からくみ上げた水を石につまずいてこぼしてしまったこと、せっかく山から集めてきた薪（まき）が降りかかる雪でぬれてしまったこと。かまどで煙を噴き出して出来上がったご飯は何をおかずにして食べたのだろうか。親子でいろりを囲み、食事をしたっけ。何を話して笑ったのか、楽しかったような気がするけれど、そうでもなかったのか。

苦労ばかりではなかったでしょう。あのころが懐かしい。そんな年になったのだと自分に言い聞かせ、納得しております。

今は何でもボタン一つ。いったん家の中に入れば外に出ることもないほど便利になりました。平和な日々が続いた揚げ句の昨年の大震災。もう二度と来てほしくありません。平和な日々だったから、昔のことなどすっかり忘れていたのです。今は福寿草が咲く春を待っています。

（2012・1・31）

「あれ」の正体

小形ゆき（仙台市泉区・縫製業 41歳）

先日、ある百円ショップに行った時のことです。70代前半くらいと思われるご夫婦が、かごの中の品物を見ながら、買い忘れた物はないか確認していました。

すると突然、奥さまの方が「おとうさん、あれ、忘れましたよ、あれ、あれ」と言い出しました。ご主人は「あぁ、そうだ、そうだ。あれを忘れるところだったなぁ」と答えます。

そして2人は「確かあれはあの辺りにあるはずだぞ」「たぶんそうでしょう」と奥を指さし歩いて行きました。

「あれ」はキッチン用品コーナーにありました。「あっ、これ、これ！」「やっぱりここにあった」。2人が手にした物は、キルティングのミトン。そう「鍋つかみ」だったのです。2人は「忘れなくてよかったなぁ」「これがあると便利よねぇ」と、うれしそうにレジへ向かっていきました。

「あれ」「これ」で夫婦の意思疎通ができるのはすごい、と感心しました。

流行の薪（まき）ストーブでビーフシチューを作るのか、あるいは卓上こんろの上で鍋でもするのかなどと、私は勝手に想像を膨らませました。

（2012・2・2）

感謝

我孫子春子（仙台市泉区・障害者ガイドヘルパー　64歳）

あれから40年。予定日から分娩（ぶんべん）台で激痛に襲われながら、赤ちゃんと対面するのを励みに頑張っていました。さすがに3日も過ぎると力尽きそうになります。意識が薄れゆく中で、医師が夫に「赤ちゃんの心音がだいぶ弱くなっているし、母体も危険な状態。赤ちゃんか奥さんか、どちらを選びますか」と問う声が聞こえました。絶望的でした。

どのくらい時間が過ぎたのでしょう。金属のこすれる音やナースの慌ただしい気配で目が覚めました。「あと一息、あと一息」「今すぐ、すぐ赤ちゃんが」「すごい生命力のある赤ちゃんね」。ナースの皆さんの拍手とともに、目の前に赤ちゃんが。感動で涙がこぼれ落ちます。生まれてきてくれてありがとう。皆さん、ありがとうございました。

あなたがいてくれたから、つらいことや悲しいことがたくさんあっても頑張れたのです。入学式、卒業式を体験させてもらい、良縁に恵まれ、新婦の母親になれました。

一人娘のあなたが3人の子を産み、祖母にもなれました。3月18日、私とあなたは誕生日が同じ。ことしもまたやって来ますね。

（2012・2・4）

お年玉くじ

遠藤祥世 （仙台市泉区・主婦 43歳）

お年玉くじ付き年賀はがきの抽選日を毎年、楽しみにしています。といっても1等、2等は当たったことはなく、いつも下2桁の末等だけです。それも年々当選数は減り、約100枚の年賀状に対し1枚当たるかどうか。ことしも1枚だけでした。

しかし、今回はそれで終わりではありませんでした。出さずに家に残った年賀はがきのくじ番号を見てびっくり。2等の当選番号と下2桁以外全て合っていたのです。私の出した年賀状のどれかが2等だと確信しました。

気になりつつも、それを誰に出したか分かりません。「どうか当選に気付いてください」と願いました。そして抽選日から5日後、高校時代の恩師からはがきが届きました。何と先生が当選していたのです。先生から「ありがとう」の言葉をいただいて、幸せな気持ちになりました。わざわざ当選の連絡をしてくれた先生に、私からもお礼を言いたいです。筆無精の私ですが、すぐ返事を書きました。

年賀状を出す人と受け取る人のつながりを、あらためて感じることができました。一年の始まりのあいさつ、年賀状を大切にしていきたいと思います。

（2012・2・5）

あの日…そして今

浅井つな子（仙台市宮城野区・主婦 72歳）

〈地面が大きく揺れた時／夢を見ているようでした／ガスも明かりも水もなく／そのまた昔のようでした／愛する人達　今何処《どこ》に？
漁火《いさりび》消えた黒い海／ガレキの庭に降る涙／一本の松、凛と立つ／闇世に煌《きら》めく満天《てん》の星／星のかけらを手の平に
明かりがついたその時に／電話のベルが鳴りました／あの人　彼《か》の人遠くから／「何でも言って下さい」と／優しい言葉が届きます
まんまる地球の温《ぬく》もりが／尖《とが》った心を丸くする／他人《ひと》の優しさ身にしみて／凍《い》てつく心を溶かします／春はそこまで来ています〉

年賀状を書いてしまった友から寒中見舞いのはがきが届いた。昨年の大震災でお母さまとお兄さまを亡くされた旨が書かれていた。

震災以来ぷつりと音信が途絶えてしまった友もいるが、確かめるのが怖い。

心のやり場を失い、胸をかきむしるような苦しみを、他人が推し量るのは難しい。

冬空を見上げながら、時の移ろい、世の無常を思う時、私の人生観も少しずつ変わっていくのかもしれない。

（2012・2・7）

浦島太郎は…

今野清子（大崎市・農業 57歳）

浦島太郎が亀を助けたのに孤独な老人で終わる話に、この年齢になっても納得がいかなかった。しかし震災を体験。あの竜宮城とは美しい宮城そのもので、今でも海深く保存されており、あの時の亀も何度も往復して大切なものを運んでくれたのではないか…と思うようになった。

一昨年の11月、小春日和の穏やかな日。夫と2人で海へドライブに出掛けた。福島の相馬を出発点に、登米市の出来たての三陸自動車道の終点まで、海岸沿いをゆっくり北上した。

内陸部育ちの私たちは「海の見える暮らし」に憧れていた。車から降りたって眺めた水平線、車中から見える美しい島々、漁船、港町、その全てが津波にのみこまれたという。連日テレビから流れる映像のすさまじさ。夢であってほしい…あれ以来、海に行くのをためらっている。

浦島太郎は「助けた亀によって、その後起こるであろうさまざまな災難から守られるよう、竜宮城でその時を待たされました。震災で変わり果てた海辺に帰って玉手箱を開けた時、昔の美しいふるさとの光景がよみがえるのでした」と結びたい。

（2012・2・12）

苦悩と希望

寺島敞子　（相馬市・自営業　74歳）

被災地も白一面の銀世界、はるかかなたには藍色の海、恨み続けて間もなく1年になる。あの時もみぞれ混じりの寒い日だった。震えながら衣類や毛布を求めに来店した人たちに分配したのが、きのうのことのように思い出される。

一日でも早く元気を取り戻せるよう、地域の人たちの悩みを聞き、語り合い、絵手紙を書いたり手編みを教えながら共に頑張ろうと励まし合った。

大みそかの夜行バスツアーに参加した。平泉の中尊寺で力いっぱい鐘を打った。天国に召された知人、友人に届くように。寒空に輝く星は美しかった。松島では寒行の僧に会い、合掌。船上から見た初日の出に感激。朝日に向かって静かに手を合わせ、復興元年に思いを込めた。

カキやワカメの養殖のいかだが並び、復興の始まりとうれしく思った。私の住む相馬市も海の幸、山の幸が豊富で、海岸沿いがきれいだったが、大津波で景勝は破壊されてしまった。

「念ずれば花開く」と独り言を言いながら、神仏に手を合わせ、再び笑顔で活気ある街になるようにと願う。原発事故に不安を覚えながら、いつか来る春を待っている。

（2012・2・14）

拝啓 あんつぁん

福田祐子（石巻市・自営業 60歳）

拝啓 あんつぁん、今どこにいますか。あの大津波から1年になろうとしていますね。もう少しで喜寿を迎えようとしていましたね。天国にいますか。父さん、母さんに会えましたか。7人きょうだいの長兄として、末っ子の私を娘のようにかわいがってくれましたね。あんつぁんが愛した入り海（長面浦）に家族でのみ込まれるなんて、予想だにできませんでした。

義姉（ねえちゃん）、娘（私を祐子ねえちゃんと慕ってくれた）、ひ孫と4人楽しくやっていますか。孫の結婚式には、ねえちゃんと「二輪草」を歌ったっけ。いとこ、うちのしゅうとめさんとも一緒ですか。あんつぁんのことだから、いつも冗談を言って笑わせているでしょうね。

3月11日はきょうだい6人、集まります。三重や静岡、遠くはカナダのトロントから、地元の私の家へ。いいこともあったのよ。あんつぁんのひ孫の女の子が昨年7月に生まれました。私のところも3月末、息子に男の子、5月には娘に女の子が誕生。みんなの生まれ変わりだよ。風を受け大きく立つ颯大（そうた）、希望を捨てない希（のぞみ）と命名しましたよ。あんつぁん、天国からみんなを見守ってくださいね。

（2012・2・15）

仕込みみそ

阿部恵子（盛岡市・主婦 64歳）

わが家では春になると家族総出の年中行事がありました。結婚以来40年続いた、みそを仕込む作業です。石巻市の婚家では2日間、親類が集まり、にぎやかに行っていました。数年後に独り立ちしたいと話したところ、義母からみそだるを2個もらい、大豆を煮る道具はブリキ職人の義父が作ってくれました。ほかに必要なものは互市で求めました。

以来、その道具がわが家の宝物となり、年に一度のお出ましに、一同恭しく大切に使ってきました。塩とこうじと大豆だけの自然食品です。友人、知人にも大好評で、子どもや孫たちも、このみそで育ちました。まさにわが家の味でした。

しかし、若い人たちに伝承できないまま、あの震災で道具を失い、申し訳なく残念でなりません。

東松島市のわが家は全壊しましたが、何とたるはすんでのところで流失を免れ、とどまっていてくれました。転居した盛岡でたるを使ってくださる方を探したところ、知人に見つけていただき、春にはそちらでお役に立つこととなりました。

義父と義母を懐かしく思い浮かべながら、家族の歴史と思い出がずっと残り、新しい絆がまたつながっていくことをうれしく感じています。

（2012・2・16）

母の手仕事

横田春子（宮城県美里町・主婦 58歳）

ここ5、6年、和だんすを開ける回数が多くなりました。長年茶道をしている友と、機会を見ては着物で出掛けるようにしているからです。

それまでの私は昼も夜も仕事と時間に追われ、せっかく母にそろえてもらった小紋やつむぎにも袖を通すことがありませんでした。

先日もたんすを開けてみたら、一度も着ていないじゅばんを発見。白の半えりは付けてあるのですが、衣紋抜きが付いていません。これが縫い付けてないと大変なことになるので（着物をお召しになる方はご存じと思います）、下手な針仕事を始めました。

よりのなくなった絞りの帯揚げが活用されず眠っていたので、三つ折りにして一針一針縫っているうち、母の姿が脳裏に浮かんできました。

大きな農家に嫁ぎ、田畑の作業に針仕事。縫い物をしている時は重労働から少し解放され、母にとって心安らぐ時だったのではないでしょうか。今、こたつに入ってこうしていると、そのころの母の気持ちが分かるような気がします。

8種類もの正絹の余り布を縫い合わせて作ってあるこのじゅばんを見て、大正生まれの母の手仕事に感服しました。母は私の道しるべです。

（2012・2・18）

復興の美容院

佐藤ゆき子（奥州市・主婦　70歳）

岩手県沿岸部から奥州市に拠点を移した美容院に先日、再び出向いてみた。昨年の秋口、津波被害を受けたこの美容院が市内の店舗を借りて再開したとの新聞記事を読んで出掛けて以来である。

昨秋に担当をしてくれた人はまだ若い女性だったのだけれど、いろいろ話し掛けてきて、世間話の相手になってくれた。とかく閉じこもりがちになっている私に、快いくつろぎのひとときを提供してくれた。

ほとんど会話がなく機械的な扱いをされる美容院もないではないので、心の通い合う美容師さんとの出会いは、生活に張りを与えてくれるような気がする。

先日訪れた時は、以前に比べて従業員の数が少ないようだった。尋ねると、沿岸部にも開業のめどがついたので、そちらへ移った人がいるとの話。震災からほどなく1年になろうとしているとはいえ、新規に店を構えるというのは、それなりの覚悟の上と思う。声援を送りたい。

店主さんはいろいろ身の上話を語ってくれた。生家は無事ながら親戚には亡くなった人もいる。復興は困難とはいえ悲観はしていない—と力強い口調である。私も顧客の1人になりたいと思っている。

（2012・2・19）

泣いても一生…

菅野富美子（仙台市太白区・会社員 57歳）

私がまだ小さかったころ、おじいさんの妹にあたるおばさんが、よく泊まりがけで遊びに来ていました。若くして旦那さんを亡くしたおばさんは苦労が多かったはずなのに、いつも明るく笑顔を絶やさない人でした。

そして、小学生の私に話してくれたのが「泣いても一生、笑っても一生。同じ一生暮らすなら楽しく笑って暮らした方がいいんだよ」ということでした。

幼いながら心に残る言葉となり、だからおばさんはこんなに明るいんだなぁと納得したものでした。その後、成長していく中で何度この言葉を復唱したことか…。

今、そのおばさんの年に近づいてきた私の目の前に、5歳の孫がいるではありませんか。ものは試しと、その話を聞かせました。

「だからね、泣いたり怒ったりしないで、いつも楽しく笑って暮らすといいんだよ」と。そうしたら間髪を入れず、「ばあたん。その話ママにしてあげて。ママはきっと知らないと思うよ。だっていつも怒ってるもん」。

あ〜、私はこの話を娘にはしていなかったのかと、苦笑い。いえ、いいんです。笑って暮らしましょう。

（2012・2・21）

母の手

吉田美由喜（宮城県亘理町・主婦　36歳）

節も太く浅黒く白魚にはほど遠く、子ども心に母の手をカッコ悪いなあと思っていた。

眠くなると背中をかいてもらうのが癖で、夕飯の後片付けの後時々かいてもらった。だが、荒れてガサガサの手でかくので、「痛いからもういい（怒）」と言って、ぴいちゃん（ひいおばあちゃん）に代わってもらい、心ゆくまで?かいてもらっていた。

最大9人家族が私の小学3年の時まで続いたので、今思えば、母は朝から晩までプライベートなどとは無縁でいたに違いない。ハンドクリームなんて塗る暇なかったのでしょう。お金を出せば何でも作るより安く手に入る時代になった今でも、寒い中、大きなたるで漬物も漬けるし、みそも作る。

そういえば浜の母ちゃんたちは皆そんな感じだったなあ、と感心させられる。自分が母親になったら自然にやれるようになると勝手に思っていたが、なれるはずもなく足元にも及ばない。

洗濯はボタン一つ、家族3人の食事、洗い物だってたかが知れている。便利な物に囲まれて楽ばかりしているのに、なぜか手だけはお母さんに似てきてしまっている。

（2012・2・27）

伯母からのお守り

小野文子（名取市・主婦 48歳）

年を重ね、大切な人との別れが突然訪れることも知っているはずなのに、いくつになっても泣いてしまう。最期のお別れにあの世で困らぬようにとひつぎの中へ小銭を入れて見送り、火葬の後残ったお金をいただいておくとお守りになるのだという。そのお守りに何度となく慰められてきた。

伯母が亡くなった。父が手にしたお守りは十円玉が二つ重なり合い、離されるのを拒むようにくっついていた。弟である父を案じ、いつまでも傍らで見守っているという伯母からのメッセージだろうか。

母は百円玉。私たち三姉妹は十円ずついただいた。そういえば伯母はいつも「三人とも同じだからね」と言って小遣いを渡してくれていた。

それぞれに円を残して伯母は旅立った。円はぐるりと回れば元に戻る。いつの日にかまた会えるご縁を信じたい。

大切な餞別（せんべつ）が少なくなり、伯母は三途（さんず）の川の渡し賃に不自由していないだろうか。十円玉を見詰めながら問い掛けてみた。そして納得。「心配ご無用。平等院鳳凰堂で待っているから」。ほほ笑む伯母の顔が目に浮かんだ。

（2012・2・29）

90歳の花見（2012年　春）

春の訪れ

松村あい子 （宮城県涌谷町・主婦 63歳）

氷点下の寒い朝、冷たい外気が心地よいと窓を開けます。まぶしく輝く朝日を浴びて深呼吸をし、すがすがしい笑顔で「おはようございます」とあいさつするTさんは、娘のおしゅうとめさんです。

3・11大震災の津波で、宮城県南三陸町志津川の中心部にあった娘の家は跡形もなく流されました。恐怖の中、無我夢中で車を走らせて逃げ、家族全員無事だったことが、いまだに奇跡としか思えません。

被災家族は今までの価値観が覆され、それでも何とか負けずに、再生する力を信じて立ち上がりました。私も力になりたいと、娘とTさんをわが家に迎え、もうすぐ1年になります。娘の夫は単身赴任、孫は学生寮にいます。

大病を患っていたTさんは、震災から1カ月入院しました。退院後、この地が合ったのか、日ごとに顔色が良くなり、声のトーンに軽やかさを感じます。今では、Tさんと2人、温泉やランチを楽しむまでになりました。「仲良きことは美しきかな」の言葉が、いつしか私たちを優しく包み込んだようです。

春の光、緑輝く季節に喜寿の誕生日を迎えるTさん。いつまでも健康で人生を歩んでいきましょうね。

（2012・3・2）

元気をもらったイチゴ

伊藤和子（栗原市・農業 72歳）

厳しい寒さが長い今年の冬、立春も雨水もとっくに過ぎたのに雪解けはなかなか進まず、むしろ大雪がたびたびです。例年なら畑に出て野菜の種まき準備に追われている時季なのにと、嘆かずにはおれません。

そんなある日の昼下がり、宅配便で一つの荷物が届きました。どなたからかしらと送り状に目をやると、気仙沼の知人の方からではありませんか。

開けてみると、中にはみずみずしい真っ赤なイチゴ。一粒口にしてみると、とても甘い。震災直後の電話では「イチゴのハウスまで水が来ました」と話されていたのに、よくぞこんな立派なイチゴがとれたものだと、驚きました。

収穫できた喜びと感謝のメッセージが添えてありました。電話を入れると、奥さまの明るくお元気な声。いまだに余震の不安におびえている自分が情けなくなりました。

がれき置き場が間近にあってダンプの出入りが激しく、洗濯物は部屋干しなさっているとのこと。がれきが早く撤去されるよう祈らずにはおられません。

そして私も少しずつ農作業に手を付けなければと、気持ちを切り替えさせてくれたイチゴでした。

（2012・3・11）

とすんつぁん

佐藤恵子（仙台市若林区・会社員 42歳）

今年の正月は久しぶりに餅を買って食べた。去年までは毎年、藤七さんが届けてくれたのだ。藤七さんは私の亡父の叔父。私の祖母の妹の夫である。みんなからは「とすんつぁん」の愛称で親しまれていた。とすんつぁんは情にあつく世話好きで、誰からも頼りにされていた。私の父が亡くなった後も、私たち家族のことを気にかけ、年末にはつきたての餅を届けてくれていたのだ。

こちらが恐縮していると、「気にすんな、俺が生ぎでいるうぢは毎年餅ついでやっからな」と、優しい笑顔を見せた。聞けば、早朝暗いうちから準備をし、何軒分もの餅をついて親戚中に届けていたという。

数年前、仙台市若林区荒浜地区での津波を想定した避難訓練の様子をニュースで見た。そこには、周囲の人を気遣いながら走る、とすんつぁんの姿があった。後に会った時、「テレビに映ってたね」と言うと、「んだ。大学の先生とみんなで小学校まで走ったんだ」と照れくさそうに笑った。

それなのにあんなに大きな津波が来るとは。とすんつぁんも奥さんの「はのちゃん」も犠牲になってしまった。とすんつぁんのあの笑顔が忘れられない。

（2012・3・12）

笑う門日記

渡辺りつ子（仙台市宮城野区・無職　42歳）

以前、書いたエッセーを知人に読んでもらったら、「りっちゃんの文章ってどれも読んでいると胸が苦しくなってくるのよね」と言われた。自分で読み返してみてもそう思う。

エッセーや詩を書くと、暗く、悲しい表現ばかりが思い浮かぶ。他人を苦しめるのは本望ではない。

故井上ひさしさんは「人生に悩み事や悲しみは最初からあるが、喜びは誰かがつくらなければいけない。この喜びの種である笑いをつくり出すのが私の務めである」と言っていた。私も井上さんのようにおなかの底から笑えるような文章を書ける人になりたいと思った。

以来、「笑う門（かど）日記」を付けている。その日あったうれしかったこと、楽しかったことなどを一日一つ以上書いていくのだ。

前はちょっとした他人の言動にすぐに傷つき、ふさぎ込んでいた。でも今は人が掛けてくれた優しい言葉、うれしかったことに敏感だ。

高校卒業後は引きこもりなどで仕事らしい仕事に就かなかった。けれど、この日記帳が100冊たまるころには、周囲を明るくできる物書きになれるかもしれない、と思うと胸が弾む。夢って持つだけで幸せだなと感じる今日このごろだ。

（2012・3・17）

夫婦の日々

鈴木徳子（宮城県利府町・介護職　52歳）

深夜の電話は最愛の伯母の死を告げるものだった。私は電話をくれた伯父（伯母の夫）に「おんちゃん、ありがとう」と言うのが精いっぱいだった。伯父は、認知症になった伯母を10年前から介護してきた。

伯母の発症当時は、認知症についても介護サービスについても分からないことが多かった。伯父は手探りで進行する病状と向き合ってきた。伯母は6年間在宅で過ごし4年前に施設に入所した。

在宅期間はたくさんの方々に支えられた。伯父もさまざまな工夫をしていた。三度の食事を用意し、時にご近所の方からいただくものも食卓に上げ、それをゆっくり2人で食べていた。排せつは伯母のリズムに合わせてトイレに誘導する。

最初からそんな介護ができたわけではない。5分とじっとしていない妻を目の前にして、混乱しないわけがない。現状の全てを受け入れるには時間が掛かったことと思う。

施設に送り届けてからは、毎日面会に行く伯父。日々の出来事を伯母に伝えるのが日課となり、亡くなる日まで続いた。最期は言葉も忘れてしまった伯母だが、きっと言いたかっただろう。「おとうさん、ありがとう」

（2012・3・20）

マイブーム

青木貴美子（仙台市太白区・主婦 68歳）

夕刊1面の「河北抄」がマイブームになっている。夕刊が来たら最初に読む。季節の行事や身近なことなど、内容が多岐にわたっていて興味深い。「きょうはどんな話題かな」と楽しみである。

昨年の震災後は特に、被災地や被災者に心を寄せているのが感じられ、心が温まる。「そうよねー」と共感を覚えることも多い。

6日に取り上げていた仙台市の「福島美術館」は、私が震災の少し前に、ひな飾りを見に訪れた所だ。閑静な町裏に建っている。書画や工芸品など貴重な資料が展示されてあって、ゆっくり鑑賞した。この美術館が震災で被害を受け、修繕のため募金を呼び掛けていることは「河北抄」を読んで知った。

その前日、啓蟄（けいちつ）の日は大雪の話題だった。バス通勤時の渋滞にノミの話を絡めて「体の何十倍も軽々と跳ぶノミがうらやましい」なんて、笑ってしまった。優しい語り口のユーモアが、悲しくつらい日に遭った被災地の人々を勇気付ける。

読者を楽しませながら、震災を一緒に考えたり、忘れないように気付かせてくれるコラムであり続けてほしい。

（2012・3・22）

ふるさと

佐藤邦子（岩沼市・主婦　65歳）

私は宮城県に二つの故郷がある。生まれ育った岩沼市、そしてついのすみかであるはずだった山元町。3年3カ月の短期間住んだあの町が、なぜか懐かしい。退職して、毎日が日曜日で、密度が濃かったからだろうか?

海から300メートルのわが家からは海鳴りが聞こえ、夜にはイチゴハウスの明かりが暗闇に浮かび上がった。近くの松林ではキノコ採りが盛んに行われ、若者のサーフィンもよく目にした。びっくりしたのは消波ブロックの上でのクロダイ釣り。あんな早朝に釣り人が大勢いるなんて…。

孫の子守を頼まれ、砂浜で巻き貝やきれいな石を探したこと、海を眺めての食事など、思い出すときりがない。キジの親子や珍しい鳥の姿を見掛けた時は、心が和んだ。

今は原野と化してしまった中に、鉄筋コンクリートのわが家が傾いて立っている。何と海の近いことか。こんなにも海が近いのかと、あらためて思った。

海と川の水が合流する後藤渕にあった中浜の水門から眺める絶景は、私の大好きな心の風景。津波は形あるもの全てを奪ったが、心の故郷は奪えない。私の二つの故郷、これからもよろしくね。〝ガンバレ〟

（2012・3・23）

母の方言の思い出

熊谷せき（栗原市・農業 77歳）

母が90歳で亡くなって20年ほどになります。脳梗塞で入院していたころ、夕方、昼間の付き添いの方と交代のため病室に入ると、看護師さんが母と何か話しています。「ばあちゃんの話す言葉の意味が分からない」と、何回も聞き返していました。

母は寝たきりになり、体中どこもかしこも痛かったり、かゆかったりしていたのでしょう。キャナ（肩から肘まで）が苦しいとか、足のベラ（甲）やヒテコビ（額）がかゆい、アクド（かかと）、ブノゴド（後頭部）が苦しいとか言っていたのです。看護師さんは、初めて聞く言葉だと言って笑っていました。

私自身は、高校卒業後ある洋裁学校で机を並べていた人が、自分で縫った洋服を見て「ゲエネなー」と言ったのを覚えています。えっ？と思い聞き返すと、「自分の思うような出来栄えではなかった」という意味とのこと。もっと広く使われることもあるそうです。

何回か聞いているうちに「ゲエネ」という3文字が、雰囲気にぴったりだと感じられてきました。方言は不思議な力を持っています。今朝も苦笑しながら、河北新報朝刊「とうほく方言の泉」を読んでいます。

（2012・3・26）

娘の笑顔

松本徳美（宮城県南三陸町・パート 49歳）

先日、河北新報に震災被災地の卒業式の記事があり、娘の高校のクラス写真が掲載されていました。端に写ったVサインの娘を見た友人、知人から連絡をいただきました。みんな「笑顔がいいね」と言ってくれました。

思えば、私は娘の笑顔を否定して接してきたような気がします。小さいころから気持ちをうまく表現できず、周りになじめない娘を、歯がゆい思いで見てきました。

高校のころは教室に居場所を見つけにくく、職員室や保健室にいることも多かったかもしれません。それでも休むことなく、笑顔で毎日「行ってきます」。どんな思いを隠していたんだろう…。

震災後、しばらく笑顔が消えました。でも、仮の住宅に移ってからは私との会話が増え、自分から勉強、手伝いと動いてくれて、心が折れそうな私を支えてくれました。

娘を理解し、見守ってくれた先生方のおかげで「精勤賞」をいただきました。写真の笑顔も、見た人を幸せな気分にしてくれたのでしょう。

そばにいながら自分の娘の良さに気付かなかった愚かな母ですが、今後の娘の人生には、素直に寄り添っていきたいと思います。

（2012・3・28）

ありがとう

尾形昭子（本宮市・主婦　82歳）

3・11の津波は、東松島市の自宅にあった夫の位牌（いはい）を持ち去りました。大切な物全てが流されましたが、私は命からがら逃げました。

不思議なことに、しばらくして、家から30キロぐらい離れた田んぼで、その位牌が見つかり、おいが取りに行ってくれました。

亡くなってまだ1年もたっていなかったのに、位牌は汚れて、角がすれて、何十年もたったような状態でした。見つかったその日は、津波から数えて49日目でした。ぬるま湯で丁寧に洗い、私は位牌を何度も抱きしめました。

私は、夫の病が治る見込みがないことを最後まで告げませんでした。よその旦那さんが亡くなる時、「ありがとう」とか、「世話になったね」と言ったという話を聞きますが、夫は何も言わずに逝きました。それでも私は、夫の目を見ただけで、何を言いたかったのか、分かりすぎるほど分かりました。

若いころ、「おかあさん、死ぬ時も一緒だからな」などと、たわいのないことを言った夫。私は大丈夫。津波にも負けず、元気でいます。安心して成仏してください。帰ってきてくれてありがとう。

（2012・3・30）

果実酒

丹野よね子（宮城県川崎町・ホテル勤務　61歳）

昨年は全く果実酒を作ることができなかった。梅干しも、漬物作りも手をつけることがなかった。私の心の中に、いつの間にか住みついた「放射能」という文字。

あの震災から1年、春は巡ってきた。野山にはたくさんの花が咲き、実を付ける木々がある。今年は、姉から教わったバラ酒を作ってみよう。良い香りのお酒になると言っていた。

ずっと気持ちが晴れない日が多かったが、3月の中ごろから気持ちの区切りがついた。年を取ったんだな私も。こんな宮城の田舎町で暮らしている私にも、放射能の文字が消えないなんて思いもしなかった。

これまで作った果実酒は数え切れないほどだ。イチゴ、サクランボ、梅、カリン、ガマズミ、ユズ、レモン、リンゴ。キンモクセイの花びらで作ったお酒は金色になった。出来上がると、人にあげてしまうので家にはあまり残っていない。

「おいしかったよ」と言われるとうれしくて、また作ろうという気持ちが湧いてくる。さあ、エンジン全開、私の春は動きだした。まだ60代なのよね、頑張らなくちゃ。お酒好きの、あの人、この人の顔が浮かんでくる。待っててね。

（2012・4・1）

妹が帰ってきた

森初子（岩沼市・無職　70歳）

私のたった一人の大好きな妹が、脳梗塞から6カ月間の闘病生活を終えて帰ってきた。

津波で大切な人たちを亡くし、連日、地震や津波の報道を見て、「自分だけ生きていていいのか」と、私は自分を責め、心身ともに不調になっていた。そんな時、妹は私の家で突然、意識を失い、救急車で病院へ運ばれた。倒れる前日まで会社の営業で寝る間を惜しんで働き続けていた。

毎日、病院通いをする私を気遣い、いつも妹は「私は大丈夫だから、心配ないからね」と逆に私を案じてくれた。生死の境をさまよったが、意識が戻った。手を握っていた私を見て涙を流し、「順番違うよね」と、よく聞き取れない言葉で言った。

妹は左半身が不自由となり、言語障害が残った。でも持ち前の根性で弱音を吐かず、毎日、つらいリハビリに励んだ。その結果、今はつえを使いながら、ゆっくりと歩行ができ、言葉の方もすっかり元に戻った。

今、私の心の中には星がいっぱい輝いている。大好きな妹が退院した時はうれしくて声を出して泣いた。妹を支えてくださった病院やリハビリの先生、妹の家族に心からありがとうと手を合わせる日々です。

（2012・4・4）

新聞大好き

星野一子（気仙沼市・主婦　71歳）

「今日、新聞読んだ?」「うん、読んだよ。面白かったね」。太極拳の仲間であるSさんと会えば、いつもそんな話から始まった。新聞が大好きで、家族が出掛けた後、家事を済ませ、テーブルいっぱいに広げて、時間をかけ隅々までゆっくり読むのが楽しみというSさん。教わることがいっぱいだ。2人の共通の楽しみの一つが「とうほく方言の泉」だった。

しかし、大震災で、Sさんはお孫さんと共に行方不明になった。仲間の情報を探していて知った時の衝撃。「まさか、まさか」と涙する毎日だった。あの日から、その欄を避けた。読む気にならなくなった。

先日、新聞をめくったら「方言の泉」の「イノコ」が目に留まった。私たちも「片方の足をかばい、もう一方の足に負担を掛けて歩くと、太ももの付け根にイノコはるよ」と、よく言っていたことを思い出した。Sさんと会えば、きっとそれにまつわる他愛のない話に花を咲かせ、周りを巻き込みながら大笑いしただろう。

昨年11月末、地元の新聞にSさんの死亡広告が掲載された日、ティータイム欄にSさんと同じ名前を見つけ、ぐっと胸が詰まった。これからも新聞に目を通しながら、きっとSさんのことを思うに違いない。

（2012・4・7）

傷つく一言

古住理恵子（仙台市泉区・自営業　50歳）

容姿の好みや言葉に対する偏見は人それぞれだ。法事のための正装にパンプスを履かなきゃ、と男性の同僚に言ったら「大女がますます大女になるんじゃない？」と一言。

母と一緒に乗った地下鉄で「あんたの後ろの男2人、頭の上から下まで、じろっと見てたよ」「随分、大きい女だと思ったんじゃない？」。この2、3日続けて聞いた言葉だったので、普段あまり身長のことを気にしていないのに何だか嫌な気持ちになっている。「大女」という言葉には否定的な意味があると感じるのは考え過ぎ？

総じて女性からは「背が高くていいね」と言われるが、男性からは、かような視線や言葉が多いように思う。以前、ある男性に「○○さんて背が低いよね」と見たままを言ったら、むっとされた。でも、私に「背が高いね」と言うのは許されるらしい。それってダブルスタンダードじゃない？　もちろん男性の中にも偏見を持たない方がたくさんいらっしゃるのは知っている。しかし、新聞の記事でさえ、女性の容姿を紹介する際に「169㌢の『長身』で…」という一言が必ずつく。暗に「女性は男性より小さくあるべし」という考えがないとは言えないだろうか。

（2012・4・8）

結婚指輪

千葉和子（宮城県美里町・主婦　53歳）

私の片付け術のモットーは「残された者が処分に困る物は自分の手で始末すること」です。もう着なくなった洋服もたくさん捨てました。

さて、長年使用していない結婚指輪はどうしましょう。金やプラチナの値が上がっていると聞くと、心が揺らぎます。

たんすにしまってある指輪のケースを開けてみました。夫のと私のとが並んでいます。指にはめてみたけれど、もうサイズが合わず途中までしか入りません。内側にはそれぞれ「昭和57年3月27日」という日付とイニシャルが彫られています。

「へえー、そうなんだ」。不謹慎ですが、すっかり忘れていました。数えてみたら、ことしでちょうど30年です。夫にそれとなく話すと、やはり日付は間違えて覚えていたし、年数も分かりませんでした。

3月27日は、4年前に息子が進学のために家を出た日であり、3年前には娘がドイツへと旅立ちました。どちらもウグイスが私を慰めてくれました。その日が結婚記念日だったことには気付きませんでした。

その日を忘れないために、私のイニシャルが間違っているという悲しい思い出とともに、指輪をケースにしまいました。

（2012・4・13）

ユリの芽

佐々木美津子（仙台市宮城野区・主婦 75歳）

ベランダにあるプランターの土からユリの芽がそっと顔を出しました。私は、この時季、遠慮がちに芽を出すユリを見るのが大好きです。

6年ほど前、栗原市一迫のユリ園へ見物に行き、以来毎年ユリの球根を取り寄せて、石巻市の牡鹿半島にある小さな浜にあった家の庭に植えておりました。昨年3月11日の津波で家も庭もなくしてしまいました。

その後、仙台で息子たちと過ごしています。秋になり球根を注文しようと思ったのですが、植える所がなく、深めのプランターに植えることにしました。11月になって、ユリ園から球根を送ってもらいました。手紙が入っており「毎年注文をいただいた石巻市の佐々木美津子さんと同じ方ですか？　今、仙台にお住まいですか？」と書いてありました。すぐ電話をかけ、今までのユリが全部流されてしまったことを話しました。係の方は「お体がご無事で何よりでした。みんなで心配していたんですよ」と言ってくださいました。

その言葉に涙がこぼれました。そして「来年は良い花を咲かせてください」と励ましてくれました。最近やっと芽を出したユリの球根に「きれいな花を咲かせてね」と話し掛けながら毎日水やりをしております。

（2012・4・15）

春の喜び

樋野美枝子（大崎市・主婦　68歳）

春を思わせる暖かい朝、1羽の鳥が甲高く鳴いて、大きく羽ばたき滑るように飛んでいった。鳥たちも春を感じ陽気な声で鳴くのだろうか。

向こうの山あいから柔らかい日が差して田園一面が薄オレンジ色に春らしく輝いている。日ごとに解けて小さなかたまりとなった庭の雪も冬に別れを惜しむように地をぬらして消えた。花壇の隅では春の訪れにかわいいつぼみたちが並び始めた。花にも心があるならば、どんな思いで冬に眠り、夢を見て、春を待っていたのだろうか。

寒さに耐えた雑草も緑の色を出し、伸びる準備をしている。雪の覆いを脱いだ木々もりんとして躍動の姿を見せている。

ことしは遅い春だが「顔を出しましたよ」というように、土手の日だまりにフキノトウが丸くもえている。雪解けの水がさざ波を打ってのどかに流れ、川のほとりにはフグリの花がかれんに咲いている。心和む情景に「春の小川」を口ずさんだ。

庭の落ち葉を集めてたき火をした。煙がゆらゆらと地面に映った。春のかげろうを見たようだ。小さな感動を覚えた。春の空、青い穏やかな日に春の喜びを感じたひとときであった。

（2012・4・17）

春の訪れ

金野なを子（気仙沼市・無職　65歳）

東日本大震災から1年がたちました。陽気に誘われ、仮設住宅から自宅跡まで散歩に行ってみました。田んぼでは、重機が除塩作業中でした。私の目的は、庭で育てていた花たちです。一株でもいい、クロッカスや水仙などの芽が出ていてくれればと期待していたのです。

しかし、草一本生えていません。震災のひどい光景だけがよみがえりました。当時、ホスピス病棟に入院中の実兄を看護するため他県にいた私が帰宅して目にしたのは、大量のがれきと共にバスが茶の間と台所付近に突っ込んでいた惨状でした。

自宅を失った主人と私は、わが家が欲しいと不動産屋や住宅情報誌を頼りに何カ月も探し回りました。物件は皆無に等しく見つかりません。

私たちにとって、今一番の問題は住宅です。バスの撤去と自宅解体の時に庭の土はすっかり削り取られ、基礎だけが残されました。

私は玄関があった場所に立ち、茶の間や8畳の通し部屋など在りし日の住宅を回想しました。いつになったらゆっくりと気持ちの休まる日が来るのだろうかと思いました。帰ろうと振り返ると、玄関の赤いタイルが春の日を受けて以前のように輝いていました。

（2012・4・28）

祖母と新聞

高橋あい子（仙台市若林区・無職　83歳）

1963年に89歳で逝った祖母は新聞が大好きで、小さな活字も気にせず丹念に読んでいました。ある日、私が会社から帰ると、その日の記事の内容を話してくれて「ここ読んでみなさい。子どもだけ残されて、もぞこいなあ」と涙声になりました。気持ちは分かるけど、若かった私には、他人の交通事故の心配よりも自分の明日のコメが先でした。

昨年12月、五十回忌の塔婆を立てながら、祖母が生きていたら、あの大震災を何と嘆いたことだろうと思いました。眼鏡を外し、涙を拭いながら新聞に見入る姿が浮かびます。

大震災の翌朝、来ないだろうと思い込んでいた新聞が、新聞受けに入っていて「あれっ」と驚き、次の瞬間、体全体が無言の励ましに包まれるような衝撃を受けました。この感動を祖母にも伝えたいと遺影に語り掛け、落ち着きを取り戻せました。あれ以来、食べ物も着る物もなく焦土を右往左往した戦後の暮らしがオーバーラップして懐かしく、切ない涙が流れます。

ことし3月11日付の朝刊に何ページにもわたって掲載された、震災で亡くなられた大勢の方々のお名前が、まるで供養塔のように見え、思わず合掌しご冥福を祈りました。

（2012・4・29）

へその緒と絆

柳川勝子（宮城県加美町・酪農業 63歳）

たんすにしまっておいた、きり箱入りのへその緒と母子手帳。昨年のお盆に子どもたちに渡しました。

子育ては大変なときもあるけれど、じいちゃん、ばあちゃんにも助けてもらい、楽しかったことだけ覚えているよ、などと思い出話を添えてと思っていましたが、4人の娘たちの家族が全員集合し、17人家族の3日間。一年で一番うれしい日々のにぎやかさに負け、渡すだけになってしまいました。

「あらー、女の子ばかり4人すか」と、よく言われました。その時は「混ぜこぜ産むより難しいんだよ」と言って笑わせていました。

私たち夫婦には「男の子はいらないよ」と神様が授けてくれなかったんだと思うようにしていました。

娘たちが結婚し、私たちにも4人の息子ができました。幸せなことです。主人も息子たちと好きな酒を酌み交わす夢がかないました。4人とも長男で、娘たちの姓は変わりました。これからのことを考えると心配は尽きませんが、なるべく迷惑を掛けないように心掛けていきたいと思います。でも、ときには「頼りにしているからね！　娘たちよ！」。

ところで、へその緒ですが、皆さんはどのようにしていますか？

（2012・5・1）

先生

遠藤寿美子（角田市・主婦　35歳）

2人の息子は今春、それぞれ小学6年生と3年生になった。着任した先生との出会いで本年度もスタートした。上の息子が持ち帰ってきた新しい先生を紹介するお便りの顔写真に、私の目はくぎ付けになった。

もしかして、小中学校を共にした地元の同級生？

結婚後の名字を知らなかった。どうしても確かめたくて、年度初めのＰＴＡ総会を心待ちにした。総会の席から見ていると、やはり同級生だった。うれしさの余り駆け寄った私に、彼女はとびきりの笑顔で喜んでくれた。４年前の同窓会で少ししか話せなかった分を取り戻すかのように、お互い話が尽きなかった。

中学校時代にお世話になった校長や学年主任、担任の先生方、それに高校の担任の先生とは、今も年賀状のやりとりをしてつながっている。

以前、このコーナーに載った時、小学校の教務主任の先生から「読みましたよ」と笑顔で声を掛けてもらった。まるで担任の先生に作文を褒めてもらったようにうれしかった。

いくつになっても、いい先生に出会えることは幸せなことだ。息子たちにも、生涯心に残る先生とたくさん出会ってほしいと願っている。

（２０１２・５・２）

良き妻

羽田悦子（仙台市青葉区・主婦 69歳）

仲良し4人グループで温泉1泊旅行に出掛けました。おしゃべりは延々と続きます。留守中の夫の食事をどうしたかが話題になりました。

一人が「定番のカレーよ」と話しだしました。外出するときはカレーライスと決めているそうです。「インスタントラーメンぐらいは買い置きしてきたわ」と別の一人。

私の番になりました。「私だけ温泉では悪いのでデパ地下でウナギを奮発し、朝食用にもあれこれと買ったの。ご飯は一膳ずつラップに包み用意してきた」と言いました。

すると、黙って聞いていた一人が「あなたのやり方は、必ずしも良き妻ではない。夫は妻のいない時こそ好きなようにしたいものなの。居酒屋へ行くのも良し。好きなつまみで制限なしにアルコールを飲めるのが楽しみなのよ」と言いました。

なるほど「しょうゆのかけ過ぎ」とか「野菜も食べて」などとうるさい妻がいない時が命の洗濯なのか。

私も支度をせず外出しよう。アルコールを一滴も飲まず、一人での外食も好まず、冷蔵庫が広いと嘆き、探し物を見つけられないわが夫。どうするのでしょう。

おっと、これがいけない。何もせず、何もせず。良き妻になります。

（2012・5・4）

初恋のリラの花

兼田紀美子（盛岡市・団体職員 72歳）

盛岡でも桜が散り始めた。群生の桜は人々の心を慰め、生きる力を与えてくれる。桜に続いて、ツツジ、サツキ、アヤメ、カキツバタ、藤など。そして、老齢になった私は、ことしもリラの花が待ち遠しい。

若いころ、夢中になった男の子はいない。テストで60点以下だと、赤丸を付けられて教室に貼り出された。それが嫌で必死に勉強した。それに単位を落とすと、父からげんこつをもらうものだから、男の子に気を向ける余裕などなかった。

年頃になれば好きな人の1人や2人いても当たり前だったが、今となっては「昔、好きな人がいたのよ」と話す材料がない。悔しいけど、友の話を聞いているしかない。

でも、ちょっぴり胸がときめいたことはある。高校時代、通学の時、いつも同じ曲がり角で自転車に乗った男子高校の生徒とすれ違った。彼と出会うのを祈りながら、ほおを赤らめてリラの花の咲く曲がり角へ急いだものだった。

チラリと視線を交わすだけで何もなかったが、今もリラの花を見るたびに、そのときのことを思い出す。仕事に打ち込み独身を貫く私の宝物のような思い出だ。

（2012・5・8）

筆甫

引地紀子（白石市・主婦　54歳）

新緑が鮮やかな行楽シーズンになりました。テレビで最近、宮城県丸森町の筆甫という地名を度々目にしました。夫の両親が住む土地でもあり、何度となく訪れています。元気な両親の顔を見るとホッとします。

筆甫は町の中心部から車で20分ほどの山間部にあります。春夏秋冬、木々のさまざまな表情を眺めながら道を上っていきます。春は新緑の美しさに心を洗われ、夏は深い緑に励まされ、秋は赤く染まった葉の美しさに心を奪われ、冬は雪の気高さに感動を覚える、そんな道のりが好きです。

田舎生まれの私でさえ、自然の豊かさを感じずにはいられません。自然を生かした筆甫の地域おこしを、地元の方や移住した方など多くの方々が取り組んでいました。

熱心な活動がこれから広がろうとする時期に、原発事故の風評被害などに悩まされています。

この連休に訪れた道沿いの木々はいつも通り新緑が濃さを増していました。そして、筆甫のシンボルでもある樹齢300年以上というウバヒガンザクラが例年と同じように咲き乱れていました。

私は、優しく咲く、この淡いピンク色の素朴なサクラが大好きです。

（2012・5・10）

幸せの青いカエル

寺崎悦子　（白石市・主婦　62歳）

今夜もコロコロコロと耳に心地よい鳴き声がしています。この声を聞くと、6年前の夏を思い出します。

いつものように朝早く新聞を取りに庭に出ると、美しい宝石のような物を草の中に見つけました。しゃがんで顔を近づけると、体長2センチほどのトルコブルーの色をしたカエルでした。

慌てて携帯電話のカメラに収めました。野良猫に襲われないかと気が気ではありませんでした。

いつも聴いているラジオ局に問い合わせたところ、ラジオでは色や形が見られないということで、テレビ局の方が取材に来ました。

仙台市科学館にビデオを持参して調べてもらったそうです。ニホンアマガエルの一種で、青、黄、黒の色素のうち、黄色が何らかの原因で欠けて、この色になってしまったようです。一生に一度見られるかどうかという珍しさだとか。その後2カ月ほど毎日庭に出てカエルを見るのがとても楽しみでした。

その年は亡き父の三回忌に当たり、姿を変えて来てくれたのかしら、などと想像を巡らしました。

幸せの青い鳥ならぬ青いカエルがわが家に幸せなひとときをもたらしてくれたことに感謝しています。

（2012・5・22）

ペンフレンド

川村幸子（多賀城市・主婦　65歳）

愛媛県の同い年の女の子と知り合ったのは、小学5年生の時でした。ペンフレンドとして中学、高校時代は数え切れないほどの手紙のやりとりをし、結婚してからは年賀状が主になっていました。

昨年の大震災の時、私の古里・気仙沼のことを心配してくれました。家族の無事を手紙で知らせると、しばらくしてミカンが届きました。

買い出しや給水に何時間も並ぶ毎日でパワーが不足気味だった体に果汁が染み渡りました。元気が湧き、忘れられない味になりました。

その後、電話もあり、「電話では初めまして」とあいさつし合い、しみじみとうれしくなりました。53年目にして初めて聞くペンフレンドの声でしたが、まるで昨日まで目の前にいておしゃべりしていたように感じられました。

1990年に宮城インターハイが開かれた時、彼女の母校の男子サッカー部が決勝に進んだことを知りました。利府町のサッカー場に駆け付け、応援席に加えてもらったこともあります。

ミカンのお礼として、被災地から感謝を伝える詩集「ありがとうの詩」を送り、あらためて本当にうれしかったことを伝えました。

（2012・5・23）

90歳の花見

福永隆子（仙台市若林区・無職　90歳）

この年では弘前まで行くのは無理だと決めつけていたら、教え子たちから花見の誘いがかかりました。5月4日、桜は満開。「わが人生最後の旅」と思い切って出掛けました。弘前の街並みは、すっかり近代化していました。かつて勤務した女学校は跡形もありません。お城の天守閣や隅やぐら、お堀は懐かしい姿を見せていました。みんなと一緒にそぞろ歩きをしながら、話は尽きず楽しかったです。

1944年、食糧不足で、授業はしばしば農作業になりました。リンゴ畑のリンゴの木を抜き、大豆やジャガイモ、カボチャを植えました。

翌45年、学徒動員で、現在のむつ市にあった大湊海軍航空隊で生徒と共にひたすら働きました。動員3カ月、極端に乏しい食糧事情と、初めて親元を離れたことから生徒たちはホームシックになり、「帰りたい」と大声で泣きました。

100人の生徒に泣かれ、当時23歳の私は途方に暮れました。

あの時の少女たちは皆80代。来年も来るように言われましたが、もし生きていたら、そして歩けるようなら、認知症になっていなかったら、もう一度行きたい。そんな思いが頭をもたげてきます。

（2012・5・24）

遠距離介護

国弘秋子　（京都市・パート　63歳）

登米市に住む94歳の母は、92歳の時に大腸がんの手術を受けた後、不自由な生活をしています。「大病もしたことないのに、何で年とってからこんなことになったんだろう」と悲嘆ばかり口にします。

私は、21歳の時から京都で暮らしてきました。気が向いた時しか帰省しませんでした。手術で1カ月入院した母は、すっかり衰えて別人のようになりました。家に戻っても「ここはどこだろう」と言い出す始末だと、介護している弟から連絡がありました。

私も毎月、仕事を休んで2、3日ずつ母の世話をしに帰省しています。今まで何もしなかったおわびのつもりでもあります。帰省中に東日本大震災に遭いました。1カ月間戻ることができず、母と共に電気も水道もない生活をしました。

地域の皆さんのおかげで乗り切ることができましたが、母は、そんなことも忘れたかのようで、食事をしたことも、お金をどこに置いたのかも分からない状態です。

京都で仕事を続けながら、母の元へ通うのは精神的にも肉体的にも大変ですが、毎月、心の中では喜んでいるはずの母のために帰省したいと思っています。

（2012・5・25）

世界中の人が好き

（2012年　夏）

ど根性スミレ

菊地裕子（岩沼市・主婦　68歳）

東日本大震災で宮城県亘理町の自宅が被害を受けました。岩沼市に移り住んで1年が過ぎました。移転先を探したり、引っ越ししたりで精いっぱいの生活でした。

4月初め、自宅前のコンクリート塀とアスファルト道路の間の隙間から、かれんなスミレの花が顔を出しているのを見つけました。思わず「初めまして」と語り掛けました。

亡き母はスミレの花が大好きで、着物もスミレと同じ紫色を好んで着ていました。スミレを見ているうちに笑顔の母を思い出しました。

それから毎朝、水をやり、「おはよう」と声を掛けて見守っていました。見ているだけで、昨年以来疲れ切っていた心が癒やされます。

2週間ほどして、咲き終えた花を本に挟み、押し花にしました。その後もスミレを見るのが楽しみで、毎朝水やりをしていました。

通院などで2、3日忙しい日が続いた後、夕方水やりに行くと、誰かが引き抜いたのでしょうか、枯れていました。

見捨てるのは忍びがたく、植木鉢に移し替えました。すると数日後、白くなった葉に少しずつ緑色が戻ってきました。いずれ花も咲くのではないかと期待しています。

（2012・6・1）

ダンゴムシ

斎藤万里恵（仙台市泉区・大学生 19歳）

私が所属する大学のサークルは、子どもたちと遊ぶ企画を毎月行っている。5月は、仙台市泉区の七北田公園を散策して風景をカメラに収め、地図を作る企画だった。

子どもたちが撮りたい風景を探して、皆で公園内を歩いていた時のことだ。一人の女の子が突然、「待って」と言って、しゃがみ込んだ。びっくりして見ると、手のひらを開いて「ダンゴムシがいたよ」と見せてくれた。

空や木など、上の方ばかりに目が行っていた私にとって、地面にいるダンゴムシはとても新鮮に感じた。幼いころダンゴムシを丸めて遊んでいたことを思い出し、懐かしくもなった。「そう言えば、最近足元を見ていなかったな」と、女の子の手の中で動くダンゴムシを見ながら思った。

普段の生活の中でも、物事を振り返ったり、考え直したりすることが少なくなっていた。先のことばかりを考え、ひたすら前に進もうとしていた。

たまには足元を見ながら、ゆっくり歩くことも必要なのではないか。そう思うと自然と顔がほころんだ。「行こうか」。女の子と歩幅を合わせ、ゆっくり一歩を踏み出した。

（2012・6・10）

父のラブレター

飯渕紀子（仙台市青葉区・主婦 67歳）

母の遺品を整理していたら、押し入れの奥から文箱が出てきました。中には、父が母に宛てた手紙の束が入っていました。

父は43歳の時、東京から仙台へ転勤しました。私たち子どもの学校の都合で、半年ほど単身赴任をしていました。

手紙の束は、その間、母に送った「ラブレター」でした。「愛している」とか「好きだよ」とか、♡マークなどは書かれていませんが、行間に母への思いがあふれるほど感じられ、切なくなりました。

当時中学生だった私は、両親がそのような手紙のやりとりをしていたことなど知るよしもありませんでした。

2人の結婚記念日を待っていたかのように、母の病状が悪化し、父の元に旅立っていきました。

今ごろ、2人して肩を寄せ合い、私たちを見守っているような気がします。

父のラブレターを通して、両親がとてもすてきな夫婦で、私たち5人の子どもを手を携えながら育ててくれたことが確認できました。うれしく思うとともに、ホッとしました。

片付けの手を休め、しばし両親への思いに浸りました。

（2012・6・12）

父の日

蓬田純子（名取市・会社員 51歳）

父の日が近づくと、思い出すことがある。

何年か前の父の日、朝のニュースで宮城県加美町のバラ園が見ごろだというので、急に思い立って両親を誘い、出掛けたことがある。

そのころ、私の車は新車だったので、父に「禁煙だからね。たばこを吸いたくなったら、止まってあげるから」と言った。口うるさい娘に、父は珍しく文句も言わずに我慢していた。

バラ園に着くと、自分の持ってきたカメラで、母と一緒に写真を撮ってほしいという。ベンチに腰かけた父に「お葬式のときの写真にしてあげるから、笑って」とカメラを向けると、とてもいい笑顔になった。「じゃあね」と言っているかのように片手を挙げ、すてきな一枚になった。

父は一昨年6月に亡くなった。そのときの写真が本当に遺影となった。人の言うことを聞かない、どうしようもないやんちゃな父だったが、遺影は誰もが褒めてくれた。

親孝行できたかなと思った。ことしは三回忌。弟がお墓を建ててくれたよ。父の日のプレゼントだね。

大嫌いだったけれど、やはり、この世でたった一人の父だった。


（2012・6・13）

命の線引き

阿部啓子（仙台市太白区・パート 49歳）

「目が腫れているけど、具合悪いの？」。帰宅した主人が声を掛けてくれました。「ううん、大丈夫」と答えるのが精いっぱいでした。

福島第1原発事故で被災した犬の現状を伝える本を手にして以来、読書とは縁遠かった私は、東日本大震災後の動物たちに関する本を月に数冊ずつ読むようになりました。この日も1冊読み終え、号泣した後だったのです。

今の私には、本を購入するくらいの支援しかできないのが心苦しいです。

「人間は避難。動物は置き去り」。こんな命の線引きを誰がして良いと決めたのでしょう。ある日突然、飼い主や世話をしてくれた人が消えてしまった多くの動物たちは、どんなに心細かったことでしょうか。

慈愛の心のみで、全国から保護活動に来てくれたボランティアの方々は神様のようです。長期間放浪した動物を保護する際には、人間にも感染する病気の問題など、危険なことがたくさんあります。にもかかわらず、身をていして救出し続けています。

一日も早く、途方に暮れている全ての動物たちが安心して生活できる環境になるよう願っています。

（2012・6・18）

仲直り

高泉和子（大崎市・パート61歳）

夫とけんかをした。お互い口もきかず3日目の朝になった。

その日は、めいの結婚式がある。カメラが趣味の夫は「俺が写真を撮ってやるから」と張り切っていた。しかし、けんかの真っ最中。頼むのは無理だろうと思った。

着物の着付けをしてもらうために、私は一足早く家を出た。

控室で待っていると、夫が来て親類と笑顔で話をしている。家にいるときとは別人のようだ。そこへ、白無垢（むく）姿のめいが係員に手を引かれ現れた。夫はカメラを向け、何回もシャッターを切っていた。

新郎新婦の姿は幸せそのものに見えた。夫は席が温まる暇もないほど2人にカメラを向けていた。

出席者の様子も一生懸命写しているが、私のことはあまり写してくれていないような気がした。

でも、いつの間にか仲直りしていた。夫は、写真の中からよく写っているのを選び、進行順にきれいにアルバムに貼ってくれた。

あらためてアルバムを開いて見ると、笑顔のすてきな花嫁で、とてもかわいい。早速、めいの母親に届けたら、夫に感謝していた。

私も口では言えないけれど、心の中で「ありがとう」と思っている。


（2012・6・19）

魔法の言葉

島田侑依（仙台市泉区・小学5年 11歳）

私の学年では、テーマスピーチという宿題があります。先生からいただいたテーマに沿ってスピーチを書くのです。

テーマが「魔法の言葉」だったことがありました。私は三つの言葉を思い浮かべました。

一つ目は「ありがとう」です。二つ目は「がんばれ」です。そして三つ目は「いいね」です。

三つには、共通点があります。言われてうれしいということと、言うチャンスが多いということです。

友達の考えを聞いてみると、私が考えた言葉以外にも「おはよう」や「大丈夫」「遊ぼう」「すごいね」「ドンマイ」がありました。

この中で、私がびっくりしたものがあります。それは「おはよう」です。なぜなら毎日普通に言っている言葉が、人によっては魔法の言葉になるからです。

私のクラスで出たものをランキングにしてみます。1位「ありがとう」17人、2位「がんばって」9人、3位「ドンマイ」4人、4位「大丈夫」3人、5位「おはよう」3人、6位「遊ぼう」2人、同じく6位「すごいね」2人です。

皆さんも参考にして、魔法の言葉をたくさん使ってください。

（2012・6・21）

尊い命

細川正子 (登米市・自営業 67歳)

東日本大震災から1年2カ月が過ぎた5月。雨が降る夕暮れ時に、近所にある医院の医師が登米市内の仮設住宅に住む患者のKさんの様子を見に行くというので、無理を言って同行させてもらった。

宮城県南三陸町から移り住んで1年。92歳のKさんは、あの悪夢のような出来事を語ってくれた。あの日は老人会の催しがあり、歌や踊りを楽しんでいたそうだ。閉会が近づいたころに地震が起きた。それから3日間、会場に閉じこめられることになった。

前年に奥さんを病気で亡くし、一人で暮らしていた。飢えよりも寒さがつらく、皆で抱き合って救助を待ったという。

仮設住宅は道路に面していたが、静かだった。Kさんは現状を嘆くこともなく、自宅をのみ込んだ津波のむごさを淡々と話してくれた。

彼は戦後、シベリアに8年間抑留されたそうだ。「私らに青春などというものはなかった」とつづった冊子も見せてもらった。

Kさんはあらゆる困難を静かに受け入れ、乗り越えてきたからこそ、尊い命の灯を静かに燃やすことができているのかもしれない。別れる時、彼は笑顔で見送ってくれた。

(2012・6・24)

ホヤ

伊辺さと子（登米市・主婦　39歳）

夏になると、当たり前のように食べていたホヤ。よその土地の友人は驚きますが、わが家の正月の雑煮にはだしとして入れます。

2年前、新聞に載ったホヤまつりの記事を見て、子どもたちと義母を連れて初めて宮城県女川町に行きました。海に近づくと潮の匂いがしてきました。会場へ向かう途中に打ち上げられた魚やヒトデがあって、びっくりしました。

子どもたちの目当ては広告にあった「ホヤちんこ」です。何だろうと思って行くと、ホヤの殻を膨らませた玉を、くぎを打ち付けた大きな台に投げて当たりを狙う、殻を使ったパチンコでした。ホヤの調理法にもいろいろあるようで、殻ごと蒸した「ホヤバクダン」や、むき身を焼いた「焼きホヤ」などが販売されていました。

空と海が青く、空気もおいしくて気持ちよかったです。市場で殻付きのホヤを買い求め、再訪の思いを強くして会場を後にしました。

昨年、その場所は灰色に包まれました。涙は流れても、思い出は流されないように、しっかり心に鍵を掛けました。復興が進み、宮城県の特産物であるホヤの養殖が再び盛んになることを願っています。

（2012・6・30）

桜桃

安藤睦子（白石市・主婦　52歳）

サクランボの季節になると、思い出すエッセーがあります。2005年6月11日付「ティータイム」欄の横山ひとみさんの「桜桃」です。

文の最初の方にある「赤くきらきら光る、ほんの少しだけ輝くことができる宝石」というサクランボの表現がとてもすてきだと思いました。

エッセーのテーマは、サクランボのイメージとは裏腹に、命の残り時間についてでした。49歳という若さなのに、このような心境になっておられることを切なく感じました。

人は生まれた瞬間から死に向かって生きていきます。もし自分の余命を突き付けられたら、誰しも戸惑うことでしょう。そして「『ごく普通の毎日』の幸せ」に気付かされます。当時、この文章を読んで、とても考えさせられました。

結びには「来年のことは考えずに、今だけを考えればいい」とまとめておられます。それは、自分の病を嘆くのではなく、「一日一日を大切に慈しみながら、生きてほしい」という、横山さんのメッセージのようにも感じました。

忙しさに紛れて毎日を雑に過ごしてしまいがちですが、サクランボの季節が来ると、この時の気持ちにリセットすることにしています。

（2012・7・2）

安藤睦子さんの『桜桃』で紹介された横山ひとみさんのエッセーを掲載します。横山さんは現在も病気と闘いながら、動物愛護活動などのため北海道へ移住する計画を立てているそうです。

桜桃

横山ひとみ（仙台市青葉区・主婦 49歳）

「一つだけ死ぬ前に食べたいものは？」と尋ねられたら、迷わずに「桜桃！」と答える。わたしはこの世の食べ物の中で一番サクランボが好き。赤くきらきら光る、ほんの少しだけ輝くことのできる宝石のようで、たぶん世界で一番美しい食べ物だと、わたしは思っている。

思いもかけなかった、長くない余命を自分の目の前に示されてから、何年かたつ。見苦しい自分自身との葛藤など、一通りの大騒ぎの後に、慌てたり、悩んだりするのは、もうやめた。

残された時間は、会いたい人にだけ会い、行きたい所へ行く。読みたい本を読み、美しいものだけを見て、美しい音だけを聞き、美しいものだけを食べる。

そして、気付くことができた。美人でもなく、賢くもなく、お金持ちにも後世に名を残す人にもなれなかったけれど、優しい夫と子どもたちに恵まれ「普通に」暮らせる幸せ。

この世は何と美しい自然と水と空気に満ちているのだろう。この世の人たちの情けはこれほどに美しい。「ごく普通の毎日」が本当に楽しく、いとおしい。

今年も、桜桃を食べることができそう。でも、来年は? そんなことは考えない。今の目の前の「桜桃」がすべての答え。それでいい。

（2005・6・11）

シニアファッションショー

片岡智恵（石巻市・家業手伝い　32歳）

先日、石巻市内で「輝くシニアのファッションショー」が開かれ、85歳の祖母が出演した。

昨年の東日本大震災で津波に襲われ、九死に一生を得た祖母。家の修繕も終わり、一息ついた祖母の気の緩みを心配した母が「ショーに出てみよう」と誘ったのだ。祖母の「出ます」という返事に、断られると思っていた私たちは喜んだ。

震災の半年後、倉庫から着物が入った茶箱が見つかった。中はヘドロだらけで、一枚だけが傷みも少なくて着られそうだった。母がそれをワンピースと帽子、ポシェットによみがえらせた。

当日、腰に故障を抱えながらも、その三点セットを身に着けた祖母は、満面の笑みで介添え役の母と一緒に登場した。母も倉庫で見つけた風呂敷で作った、家紋がポイントのチュニックブラウスを着て、場を盛り上げた。

皆から「良かったよ」と声を掛けてもらい「めだったで賞」に入賞した。賞品をもらった祖母は、こぼれんばかりの笑顔を振りまいていた。

震災で学んだ「何をおいても、まず避難」を教訓に、いつも素直で前向きな祖母がいとおしく、常にお手本にしようと私は思っている。

（2012・7・3）

世界地図

北條孝子 （石巻市・主婦 65歳）

大きな世界地図を買いました。狭い仮設住宅の部屋の壁に張って、毎日眺めています。

海外旅行を計画しているわけではありません。東日本大震災で海に流れ出たボールなどが米国西海岸にたどり着いたというニュースを見るたびに、どこからどこへ流れていったのかを確認したかったのです。

広い洋上にがれきが浮かんでいる光景をニュースで見た時、ショックで言葉が出ませんでした。

石巻市長面浜で育った私には、海はとても身近な存在でした。

台風一過の朝、砂浜で形の良い流木をよく集めました。昼も夜も、寄せる波の音を聞いて過ごしました。

しかし、津波は広い松林をのみ込んだだけでなく、実家や私の自宅までも運んでいきました。古里のあらゆるものが海に流され、漂ったのです。

地図を眺めていると、海はどこまでもつながっています。広いと思っていた海も、最近では、狭く感じられるようになりました。

童謡の歌詞にある、流れてくるヤシの実はロマンがあるのに、私たちの思い出はどこまで流れていくのだろうかと悲しくなります。そして毎日、地図の太平洋を眺めています。


（2012・7・6）

ピアノレッスン

森栄　（宮城県大河原町・かけはぎ業　81歳）

7月末にあるピアノの発表会に向けて、毎日レッスンに励んでいる。

右手は何とか弾けるが、左手は思うようにはいかない。「よろしくね」と優しくマッサージしている。

教室の待ち時間に、子ども用のバッハやベートーベンの伝記を読んでみると「レッスンをがんばれば、必ず上達する。心を込めて毎日楽しく練習を」とある。

課題曲は、冬と春向きの2曲。「冬来たりなば、春遠からじ」のことわざのように、私の人生行路に似たような課題でもある。

楽天家の私は「スケーターズワルツ」も楽しい曲だと選んだ。やっと両手でマスターできた。さらに、暗譜で弾けるようにと欲張っている。

毎朝ラジオ体操をし、町の健康教室にも通っている。ピアノのレッスンは心の健康維持にも役立っている。孫たちの成長を見る楽しみと同じように生きがいの一つだ。

天国の夫が「早くおいで」と言っているかもしれない。

「いえ、私はやりたいことがまだいっぱいあるので、逝けません」

さあ、レッスン、レッスン。100歳になったら、どれだけの曲をマスターしているか楽しみだ。


（2012・7・8）

献体

斎藤ふく代　（岩沼市・主婦　63歳）

1992年7月12日付「くらし」面の記事「お墓の中から現代が見える―金に無縁の献体」を切り抜いて持っています。

東北大医学部で、医学生の解剖実習に協力するための献体登録ができることが書いてあったからです。当時、登録したいと願ったのですが、その時は周囲に「死」や「死後」のことを口にできずにいました。

数年後、思いがけず、子宮筋腫の手術を受けることになりました。そこで意を決して家人に話を切り出しました。そして、やっと献体登録者でつくる「白菊会」の会員になれたのです。

今まで生きてきて、誰の役にも、何の役にも立つことのできない自分が情けなくて、心が縮まっていました。

会員証が届き、自分は死後、世の中の役に立つために、生きているのだと思えるようになりました。

毎日、会員証を、臓器移植に同意するドナーカードと一緒に肌身離さず持ち歩き、万が一の時にも役立てるように備えています。

「死後の楽しみ」ができたのです。毎日がとても充実しています。献体のことを教えてくれた20年前の記事にとても感謝しています。

（2012・7・10）

収穫の喜び

宍戸みえ子（仙台市青葉区・主婦　92歳）

うっとうしい日が続く中、庭の畑で野菜作りを楽しんでいる。

5月末に、ササゲの種の植え付けをした。

キュウリは種から育てるのは難しいので、やはり5月末に苗を買ってきて植えた。順調に育ち、まだつるが伸びきっていないうちに、黄色いかわいい花を付け始めた。息子に支柱を立ててもらった。

7月上旬に庭に降りてキュウリをのぞいてみると、何と11本も採れた。うれしかった。

ササゲもよく育ち、葉が茂って窓が見えなくなり、まるで緑のカーテンのようだ。部屋の中が涼しく感じられる。まさに一石二鳥である。

ササゲも80本くらい採れた。「豊作、豊作」。思わず顔がニコニコしてくる。

ササゲは、おひたし、煮物、天ぷらなど、何にしてもおいしい。早速おひたしにして、おかかを掛けて食べた。新鮮で食が進んだ。キュウリは、みそをつけて食べると、酒のつまみにちょうど良いようだ。

高齢になり、野菜作りをやめようかと何度も思った。でも、近所の方から「無理しない程度に楽しんだら」と励ましてもらったおかげで、今も続けている。

（2012・7・19）

この道48年

小玉寿子（宮城県七ヶ浜町・主婦　78歳）

「この道48年」といえば、名工とかベテランなどと言われるのでしょうが、私の「この道」は自動車運転歴のことです。

30歳の時でした。のり養殖を家業にしていました。海で採取した生のりを義父と2人で担ぎ、坂道を上って高台にある自宅まで運んでいました。本当に難儀な仕事でした。

義父の勧めもあって、思い切って運転免許を取得しました。当時、女性の運転者は珍しく、緊張の日々だったことが思い出されます。

主婦が車を運転することは、何よりも生活が便利になります。これも先見の明があった義父のおかげと、感謝せずにはいられません。

子育てに追われながら、家族4人を次々とみとるなど波瀾（はらん）万丈の人生でした。孫たちが成長した今は、ゆっくりと楽しみながら、余生を気持ち良く過ごせれば最高の幸せだと思っています。

先日、これが最後になるであろう免許の更新を無事に済ませました。向こう3年間は、車体にはシルバーマーク、心には若葉マークを忘れずに、無事故無違反で頑張るつもりです。

免許返納のあかつきには、ベテランらしく悠々と退きたいものです。

（2012・7・23）

一円玉の教え

鈴木文子（宮城県利府町・主婦　63歳）

洗濯機の中に一円玉が落ちていました。拾いながら、数日前に小学5年生の孫娘と交わした会話を思い出しました。

図書カードを贈った孫娘からかかってきたお礼の電話の時の会話です。「私ね、本を買ったおつりを貯金することにしたの。一円玉もだよ」。孫娘は元気にそう言いました。

「そう、偉いね。一円玉も？」と聞き返すと、「だって、一円玉を笑う者は、一円玉に泣くんだって、パパに教わったから、一円玉も大切にするんだ」と、彼女はすらすらと話しました。

それは、私が父から教わり、息子が子どものころに話して聞かせた言葉でした。

当時は私の話なんか、まるで聞いていないようなそぶりをしていたのに。人の親になると、頭の片隅に残っていた話を思い出して、自分の子どもたちに話して聞かせてくれたんだと思い、少しいとおしくなりました。

孫たちよ、あなたたちも、いつしか親になったとき、父親に教わった一円玉の大切さを子どもらに伝えてほしいと思っています。

私も孫たちに負けずに、大切な一円玉を貯金箱に入れようっと。

（2012・7・26）

父と戦争

豊原千恵（登米市・主婦 61歳）

母は、父が中国大陸から持ち帰ったボロボロのリュックサックと真っ黒い飯ごうを大切に保管している。

父は、夏の夕食時に、戦争の体験談をよくしてくれた。

兵士だった父は、中国南部で前線への物資の運搬が任務だった。肩を撃たれ、麻酔なしで手術を受けた。あまりの痛さに気を失ったという。約10センチの傷跡が生々しかった。

アメーバ赤痢にもかかった。発熱と下痢で皆についていけず、暗闇の竹林で一人死を待つ身となった。雨が一滴も降らず、仲間が置いていった水で命をつないだ。

数日後、別の部隊が通りかかり、歩けるようになっていた父は野戦病院に連れていかれた。所属していた部隊は、その後全滅したという。

父が戦死したと思っていた母と兄の驚きようなど話は尽きなかった。

一方、揚子江の広大な流れや山々の様子など、大陸ならではの素晴らしい景観のことも話してくれた。

他界してから47年になる。毎年夏、父の墓参をした後、墓園内の戦没者慰霊碑に手を合わせる。叔父や父の戦友の名前が刻銘してある。

多くの犠牲があって今の平和がある。私たちは、子孫に語り継ぐことを忘れてはならない。

（2012・7・27）

朝顔宅配便

石川ヨシ（仙台市太白区・無職　89歳）

〈朝顔が今朝も呼んでるごあいさつ〉

今朝はどんな色が咲いたかしら？　とワクワクしながら庭に出ます。

小さい時から、夏の朝に咲く朝顔が大好きです。「槿花一朝（きんかいっちょう）の夢」の例えのように、あっという間に花びらを閉じてしまうのが朝顔です。

〈夏の朝一期一会の花きらら〉

以前詠んだ句です。いつも、そのひとときを精いっぱいに咲く花の姿に見とれてしまいます。

例年は、居間の外の大窓に棚を作り、ひと夏の間に20～30の花を咲かせて喜んでいました。

ことしは趣を変え、細竹で山型のアーチを作りました。5月の連休明けに種をまき、双葉から本葉、そして丁寧に鉢に定植しました。

ことしの天気は気まぐれでしたが、6月の雨のおかげで成長も早く、7月10日に待ちに待った藍色の一輪が花を付けました。

赤、紫、青、白など次々に咲き、お友達の家に届けました。「朝顔宅配便」です。

この日はくしくも仙台空襲からちょうど67年に当たりました。早速朝顔を絵手紙にしたため、空襲の犠牲となった妹の仏前に供えました。

（2012・7・29）

ユリの花と妹

飯川なほ子（宮城県松島町・主婦 64歳）

わが家の庭の片隅に白や黄色、ピンクのユリが咲きました。彩りの鮮やかさに思わず笑みがこぼれます。東日本大震災の津波に遭い、突然逝ってしまった妹を思い出します。あれから1年4カ月。名前は百合子。58歳でした。

ユリの花が何よりも好きでした。「匂いもいいしね」と言うので、「名前がゆりこで、ユリが好きだなんて」と言い返し、笑い合ったものでした。

子どものころの夏休み、母の実家に行った時のことです。家族の健康を祈願するため、近くのお地蔵様にお参りに行きました。とても暑い日でした。なだらかな山道を汗だくになりながら黙々と歩きました。照りつける太陽や緑に囲まれ、たくさんのユリが咲いていました。妹と手をつなぐと、ほほ笑んでいました。その笑顔に、私も心が満たされた気分になりました。小学生時代の懐かしい思い出です。

妹は三世代同居の長男に嫁ぎました。仏壇にはいつも菊やユリを飾っていました。

妹と、もう会うことも語り合って笑い合うこともありません。

妹との思い出を胸に、私は感謝しながら、前に進んでいきます。

（2012・8・1）

習字

及川理沙　（仙台市泉区・小学6年　12歳）

私は1年生の時から習字を続けています。何枚も書き続けて疲れることもありますが、コンクールなどで優秀作品に選ばれると、すごくうれしくなります。また、友達の作品が選ばれているかどうか探したり、優秀作品に選ばれている人の良いところを見たりするのも楽しみの一つです。

2年生の時に展覧会に出品した「七色」という作品が印象に残っています。始めて2年目のころで、とても楽しいと感じていました。

思ったように書けない時、先生に「『七色』を書いた時の気持ちで書いてみて」と言われます。私は「楽しんで書く」という気持ちを忘れているのだと気付きます。

「七色」という言葉は「楽しんで書く」という、私にとってはとても大切なことを思い出させてくれる言葉になりました。

私は習字の先生の資格を取りたいと思っています。そして、習字をする楽しさや自分が先生に習ったことを教えたいと思います。

習字は日本の伝統的な文化の一つです。苦手な人や嫌いな人もいるかもしれません。でも、この大切な文化を次の世代へと伝えていくことができたらいいなと思っています。

（2012・8・3）

世界中の人が好き

鈴木あき（山形県小国町・主婦 32歳）

ロンドン五輪を見ながら、日本の選手を応援していた時のことです。4歳の息子が言いました。「ママは、日本の人が好きなの？」

「日本を代表して頑張っているから応援するの」と答えました。

すると、息子はこう言いました。「ぼくは、お星さまのマークの国とか、プレゼントみたいなマークの国とか、地球が描いてある旗の国とか、みんな好き。だから、みんな応援するんだよ」

私は思わず笑顔になりました。「そうか、そうだね。みんな頑張っていて格好いいよね。日本の人だけじゃなくて、みんなを応援しよう」。私がそう言うと、息子もにっこり笑ってうなずきました。

息子がテレビを見ながら言った国々は、お星さまの国は中国、プレゼントみたいなマークはイギリス、地球が描いてある旗はブラジルです。

世界には、たくさんの国があるよ。髪の毛の色や目の色が違ういろんな人たちがいて、いろんな言葉もあるんだよ。そんな話を、息子は目をキラキラさせて聞いています。

人懐こくて、誰にでもにこにこと笑顔で接する息子、大きくなったら世界中の人と仲良くなってほしいと願っています。

（2012・8・7）

梅干し

青山聡美（多賀城市・家事手伝い　30歳）

祖母が亡くなってから16年になります。

ことしも梅干し用の梅を天日に干しました。

祖母は生前、「一個一個転がして、まんべんなく干してね」と教えてくれました。

いいかげんな私は、何個もまとめてごろごろ転がしていました。

すると、祖母は「もっと丁寧に、優しくしてね。口に入る物だから」とあきれていました。

そのころの私は「面倒くさいし、そんなの無理」と口答えしました。なぜ素直に「はい」と言えなかったのだろうと、今は思います。

体が不自由だった祖母は、そんなことを感じさせないくらいに明るくて前向きで優しく、常に自分にできることを考え、行動する人でした。

母の手伝いで梅を干していると、何とも言えない気持ちになります。

中学校の夏休み、陸上競技部の練習がある日は、おばあちゃんの梅干し入りのおにぎりがいつも一緒でした。

おばあちゃん、いろんなことをたくさん教えてくれて、本当にありがとうございました。

おばあちゃんと暮らせて幸せでした。


（2012・8・8）

蹴球部

大迫ハル（大崎市・主婦 85歳）

今や大変なサッカーブームである。スポーツのことなどよく分からない私も、なでしこジャパンの影響からか、テレビで観戦している。

70年も前のことだが、4歳年上の次兄は宮城師範学校（現在の宮城教育大）の学生だった。夏休みに帰省した時、蹴球部に入り、大会で優勝したと得意げだった。

当時、敵性語は使用を禁止されていた。バスケットボールは篭球（ろうきゅう）、バレーボールは排球、サッカーは蹴球とされた。

長兄も帰省中で、「誰も見ていないから」と信じない様子だった。

次に帰省した時、次兄が立派なトロフィーを持ち帰ったので、皆びっくり。そのころトロフィーは珍しく、次兄の友達も集まってきた。ところが、長兄は帰省しなかった。自慢のトロフィーを見せることができず、がっかりしていた姿が今も目に浮かぶ。

次兄は太平洋戦争中、家族にも告げずに軍隊に志願した。海軍航空隊に入り、終戦の3カ月前に22歳の若さで南海の空に散った。

テレビで、ピッチを走り回る選手の姿が次兄と重なる。好きなことも十分にできず、逝ってしまった兄を思うと涙が止まらない。

（2012・8・9）

トライアスロン

首藤チカ（仙台市宮城野区・主婦 64歳）

7月の日曜日、自転車を車に載せ、トライアスロン大会の会場の長井市に向かった。いつもは1人だが、最後になるかもしれないので、夫にカメラマン役を頼んだ。

マラソン好きの私が50歳の時に始めた、年1回だけのトライアスロン。途中ブランクがあるため、今回で11回目の挑戦だ。

絶好のトライアスロン日和だが、最初の５００㍍を泳ぐプールの水が冷たく、体が硬直しそうだ。娘から借りたウエットスーツを着用した。

午前9時半スタート。夢中で泳ぎ切った。続いて、20㌔を自転車で走った。脚力不足が身にしみる。

体力の限界に挑戦してみようと、ひそかに始めたが、やみつきになって15年も続けてきた。60歳を過ぎてからは、半分の距離のショート部門に参加している。それでも、3種目をクリアするのは結構しんどい。

タイムは遅くても、完走後の爽快感は何ものにも代え難い。目標を達成した時の気持ちは五輪選手がメダルを手にした喜びと同じだと思う。

最後のラン5㌔を終え、いただいたスイカの甘さが口中に広がり、来年への意欲が湧いてきた。

弱気だった気持ちが、まだ頑張れる、頑張ってみように変わった。

（２０１２・８・14）

歩く

浜田ノブ子　（仙台市泉区・無職　72歳）

東日本大震災で宮城県利府町にあった自宅が半壊状態になりました。娘一家と、新しい街にマンションを借りました。気持ちが前を向いているときは、体もついてきます。朝の散歩も気分良く歩けます。

テレビと友達の日々では、ボーッとして毎日が過ぎていきます。本を読んだり、針仕事をしたりしていても飽きてしまいます。

そんなときは、遠くの山や青々とした林を眺めます。

明日は、あの山の方へ歩いてみよう。久しぶりの遠出です。

知らない街を地図でたどりながら、どのくらい時間がかかるかとか、バスが通っているかとか、疲れたらバスで帰ろう、家の近くを通るか、などと不安でドキドキです。

でも、家の中でぐうたらしているよりは、汗をかいて、ちょっぴり疲れた方が気分は爽やかです。

知らない土地での避難生活は心細くて悲しい。でも、落ち込む気持ちを奮い立たせて前を向かなければ。

朝、大きく深呼吸してから歩き始めよう。きっと、明日につながるはずです。

知らない所を歩くと、発見もあります。それが面白い。楽しみになりました。


（2012・8・18）

お盆

児玉ちえ子（宮城県大郷町・農業　72歳）

お盆の時期になると、必ず思い出すことがあります。22年前に亡くなった父が、まだ元気だったころのことです。

私は、盆棚に供えようと思って、台所で蒸しまんじゅうを作っていました。

朝仕事を終えて台所に顔を出した父は、お盆には欠かせない団子ではなく、蒸しまんじゅうなのを見て、いきなり怒り出しました。

なぜ怒られたのか、その時は分かりませんでした。

父は太平洋戦争後、シベリアに抑留されました。シベリアでの食事は、1日1斤の黒い蒸しパンのみだったそうです。

それで、蒸しまんじゅうなどは、見るのも嫌だったのかもしれません。

それからは、8月14日の朝には必ず団子を作り、お昼には、うどんを盆棚に供えるようにしています。

父はうどんが大好物で、みそ汁にも入れて食べていました。

粗食に慣れていた父は決してぜいたくはしませんでした。食べ物にもあまり文句を言いませんでした。

みそ漬けが大好きで、キュウリやナス、ミョウガの漬物を自分で作っていました。

（2012・8・19）

腹の虫

斎藤浩美（仙台市泉区・主婦　52歳）

「ＬＤＬコレステロール値が少し高いね」。健診結果を見ながら話す先生の笑顔は柔らかかった。でも口調は、いつになく厳しかった。

「おいしいものに目が無くて、目いっぱい食べないと気が済まないんですよね。その上、運動不足で」と、笑いながら自慢げに話している場合ではないと分かっていても、空元気のおしゃべりが止まらない。

「ここに載っている食品を食べるときは気をつけてくださいね」

卵、ショートケーキ、マヨネーズ、スナック菓子など、大好物が並ぶイラストボードを見せられ、気持ちが一気にシュンとした。

「来年の健診まで気をつけて頑張ります」と明るく宣言して病院を後にした帰り道。買い物は、お菓子売り場の前を目を伏せて素通りし、足早に済ませた。

夕食は、ご飯にみそ汁、焼きザケと大根おろし。これで、どか食いに慣れた私の「腹の虫」が収まるわけはない。早めの後片付けを始めた台所で、家族の食べ残しを平らげて、結局お菓子も食べて腹の虫をなだめた。あと1年で、この虫を正しく飼いならせるのか。二段腹をさすりながら、道のりの険しさを思い、情けなさがじわりと込み上げてきた。

（２０１２・８・22）

ふるさとへの思い

八木ふみ子（沖縄県北谷町・主婦　68歳）

降り立った仙台空港は、沖縄と変わらぬ暑さだった。父の七回忌の供養のため、ふるさと石巻を訪ねた。法要を終えた後、東日本大震災で被害を受けた所を数カ所回った。

震災発生時、テレビなどで繰り返し報道された石巻の惨状を目にするたびに、親類や知人が心配で、飛んで帰りたい心境だった。しかし、「今来ても大変だよ」という電話の向こうの義姉の言葉に、状況を聞くだけで、はやる心を抑えていた。

被災地を目にするのが怖いという思いもあったが、しっかりと見て、後世に伝えるために行ってみた。廃車やがれきが山を成し、被災住宅はほとんど撤去された。昔、目にした家並みはなく、風が通り抜ける光景に変わっていた。言葉も出ないくらいむなしい気持ちになった。

沖縄は海抜ゼロメートルの埋め立て地が多いが、地震も津波もほとんどない。防災意識は薄く、3年前に義姉から過去の津波のＤＶＤを送ってもらい、私が民生委員をしている町内会で意識向上を図る活動をしたこともある。今回の大震災で、関心が高くなり意識も高まったと思う。備えは大切だが、悲惨な出来事は二度と起きないように、そして一日も早い復興を願う帰郷になった。

（2012・8・28）

のんき、根気、元気

（2012年　秋）

星の使者

菅原佳奈（仙台市太白区・主婦 30歳）

仙台市太白区の図書館で「星の使者―ガリレオ・ガリレイ」という絵本を手に取った。小学2年生の息子の勉強になればと借りたが、私自身がハッとさせられる一文があった。

「まちがいを指摘することは簡単だが、何が真実か説明することはむずかしい」

望遠鏡を改良し、通説を次々と覆したガリレオ。しかし、「違う」と言うだけでは人々は納得しない。例えば、太陽の黒点。正体は何で、なぜできるのか、そこまで解明して初めて「発見」として認められる。

私は末っ子で、素朴な質問を繰り返し、家族にからかわれることが多かった。「北海道って何県？」「電車はどこでUターンするの？」

何年たっても思い出話として笑われている。しかし、なぜ北海道だけが「道」なのか、経緯や由来を説明できる人はなかなかいないだろう。蒸気機関車の時代には「転車台」というものがあったそうだ。人の間違いを笑っているだけでは本当のことは見えてこない。私も息子に「こんなことも知らないの」と、うっかり言っている気がする。

ガリレオが宇宙の謎を解き明かしていったように、真っすぐな気持ちで子どもたちを育てたい。

（2012・9・2）

ハスの花

桜井とき子（石巻市・主婦　69歳）

昨年3月11日以来、近くの学校、公民館、そして二次避難先の上山市の温泉と生活の場を変え、2年ぶりに自宅で夏を過ごしました。

津波をかぶってしまい、庭の様子はすっかり変わっていました。それでも、こぼれた種が芽を出し、ヒマワリとコスモスが朝顔と数を競うように花を咲かせ、庭をにぎやかにしてくれました。

買い物に行く途中の運河の岸辺に見事なハスの花が水中から、すっくと首を伸ばし、疲れ切っている私の目と心を休ませてくれます。

近くに住む男性が春に一人で黙々とお世話している姿を見ました。周りを彩るヒマワリなどとともに、まるで一枚の絵はがきのようです。車を道端に止めて写真を撮る人もいます。

目配りしながらハスを見守っている方の心遣いが感じられます。

東日本大震災は大変な出来事でした。阪神大震災を体験したという傾聴ボランティアの方が「元に戻るのに15年かかりました」と言っていたのが心に残りました。

ハスの花は、死者を安らかな浄土に導いてくれると言われます。そうあってほしいと願いながら、毎日眺めています。

（2012・9・3）

憧れの人

遠藤由美子（塩釜市・主婦　68歳）

「ティータイム」愛読者の私には、常連の投稿者の中に好きな方が3人います。その中の一人、根本喜美子さんの死亡広告が新聞に載っていて驚きました。猛暑と夏祭り、ロンドン五輪の真っただ中でした。静かに旅立たれたのでしょうか。92歳でした。すぐに数冊のスクラップブックの中から、根本さんの作品の8枚の切り抜きを読み返しました。感慨はひとしおでした。

私も七十路に手が届く年となりました。新年早々から大切な方々が相次いで逝き、身辺整理をしなければという心境はやまやまですが、根本さんの足元にも及びません。

今や「断捨離」ブーム。片付けは、衣類、本、書類、小物、思い出の品々の順にするといいそうです。今になって、根本さんが亡き母と同い年だったことに気付きました。

母は「死ぬまで生きるのは大変」とよく口にしておりました。これからどんな日々が待っていることやら、空恐ろしいです。

「ティータイム」でお会いできなくなり、とても寂しいですが、私が根本さんに憧れるように、私の文章に一人でも心を寄せてもらえるようになりたいと思います。

（2012・9・6）

かかしの思い出

白鳥久美子（栗原市・農業 77歳）

猛暑にも負けず、どこの田んぼも黄金色に実り、稲穂が風に吹かれて、刈り取りを待つばかりです。

わが家の前の田んぼには、たくさんのスズメが稲穂を食べに来ます。大きな声を出すと一斉に飛び立ちますが、すぐにまた来ます。

昔は、ほとんどの家がかかしを作りました。遠くから見ると、あちこちに人が立っているように見えました。着古した作業着や麦わら帽子で作ったのを思い出します。かかしは作った人に似るものだといいます。

わが家でも、子どもたちが小さいころ、変わり種のスズメよけを作りました。ベニヤ板を切り、真ん中に墨で二重丸を描いて目玉に見立て、そばに「この稲、毒入り。たべると死ぬ」と書きました。

何枚かを田んぼに立てたら、何日かして、散歩の方が「今のスズメは字が読めるんだね。大したものだ」と笑っていました。

でも、スズメはやはり字は読めなかったようです。平気で稲穂をついばんでいました。今ごろの季節になると、思い出します。

このごろは、かかしの姿はほとんど見掛けず、きらきら光る鳥よけテープを使う農家が多いようです。味気ないような気がします。

（2012・9・12）

ああ老眼

松岡幸子（仙台市若林区・パート 54歳）

「視力の良い人は老眼になるのが早い」と言われるが、若いころは老眼がどんなものか分からなかった。「あれっ」と思ったのは何年前のことだったろうか。左手に持った茶わんのご飯に載せたおかずがぼやけて見えることに気付いた。

そのころ同じ年代の同僚が、視点のピントを合わせるために物から顔を離して見ていた。持っている手の方を遠ざければいいのにと思いながら、悠長なしぐさとひょうきんな顔つきにいつも笑わされていた。

ところが今、自分もそうして見るようになった。

昨年、旅行先の商店街でもらったチラシに誘われ、旅の思い出にもなると老眼鏡を作ってみた。驚いた。こんなにはっきり見えるなんて。見えることの気持ち良さがあらためて分かった。

先日、職場のロッカールームの鏡を老眼鏡を掛けてのぞいてみた。すごい。自分の顔がはっきり見えた。暑い中での自転車通勤で、化粧がまだらに浮いている。ぎゃー。鼻の下はひげだらけだ。今までこんな顔で仕事をしていたなんて。

ショックで朝から落ち込んだが、たまには老眼鏡を掛けて鏡をのぞくべきだと自分に言い聞かせた。

（2012・9・13）

献血

猪股二三子（宮城県加美町・主婦 59歳）

近くのスーパーへ買い物に行ったら、献血車が2台止まっていました。気になりつつ買い物を済ませて出てくると、「O型の血液が非常に不足しています」と呼び掛ける声が聞こえました。しないで帰る言い訳を考えながら、係の人と目を合わせないように自転車の籠に荷物を入れてそそくさと帰りました。

でも、気になって献血手帳を見てみると、この前は10年前でした。

「よし、行くぞ」と、またスーパーへ。

年齢制限っていくつかなと思いながら、係の人に「あのー、何歳までできるんでしたっけ」と声を掛けた。「ちなみに何歳ですか」「59なんですけど」

まだ大丈夫です、と言われ、一安心。いろいろなチェック項目にも合格して、問診と検査を受けました。これにも合格しました。

久しぶりだったので、ドキドキしながら、あっという間の400cc。

後で「2回も注射したんだよ」と幼稚園児の男孫に言うと、「えー、痛いって泣かなかったの」と不思議そうな顔をしていました。

少しだけど、人の役に立つことができたと思うと、ちょっと気分の良い一日になりました。

（2012・9・14）

89歳のゴルファー

村山秋子（塩釜市・キャディー 67歳）

今日は「敬老の日」。私には、以前からとても気になっているおじいちゃんがいます。89歳でゴルフを楽しんでいる方です。熱中症が相次いだこの夏も、週に2回は元気な姿を見せ、静かにプレーをして帰っていきます。

ずっと「子どもや孫と一緒に3世代でゴルフをするのが夢だ」と言っていましたが、昨年実現しました。「次の目標は95歳まで頑張ることかな」と、キャディーをしている67歳の私と話しています。

時には思い出話や健康の話、子どものことなど会話が弾みますが、口数の少ない方です。「なせば成る。なさねば成らぬ、何事も」は、まさにこの方にぴったりの言葉です。

自分の職業に自信を持ち、最近まで週に2日は現役で仕事をしていたそうです。「元気で長生きの秘訣（ひけつ）は?」と尋ねてみると、よく歩くことに加え、昼寝をして、夕食に日本酒を1杯飲んで眠りにつくことだそうです。

プレー中も打球を見失わず、若い人と同じように上り坂も気にせずにボールを真っすぐ追い掛けていく姿は、元気そのものです。

（2012・9・17）

夜半の月

千葉孝子（仙台市青葉区・無職　91歳）

なかなか眠れないままに、思い切って廊下のカーテンを開けた。

雲一つない深い青色の空に丸い月が神秘的に輝いて、庭の草木を照らしていた。

何という美しい夜景だろう。つたない文章ではとても表現できない。

尾崎紅葉の「金色夜叉」ではないが、私は来年の今月今夜、どこでこの月を見るのだろう。

不眠の原因は、またしてもそこに及ぶ。

というのも、あと2カ月余りで、わが家の解体が始まるのだ。

還暦を過ぎた5人の子どもたちが巣立ち、孫10人、ひ孫は11人いる。戦中戦後を無我夢中で過ごし、この年まで生かしてもらったのだから、特に不足はない。でも、建築から50年、喜怒哀楽が庭の片隅の石ころにまで染み込んでいるようで、家への限りない愛着は断ち切れない。

改築という選択肢もあるけれど、それは経済的に、まして寿命の点からも、残念ながら余裕がない。

夜更けの闇の中、どこからか文部省唱歌の「庭の千草」が流れてくるような気がした。

さあ、感傷と幻覚はここまで。現実は厳しい。もう少し頑張ろう、と膝をたたきながらベッドに戻った。


（2012・9・17）

古里の香り

木村富美子（石巻市・主婦 65歳）

東日本大震災の前まで住んでいた宮城県女川町の友達から、銀ザケが送られてきた。早速切り身にして塩を振り、焼いて食べていると、あの集落の潮の香りがしてきた。送ってくれた友の顔が目に浮かび、ジーンとした。

津波に襲われたあの時のことが思い浮かんでくる。津波さえなかったら、今ごろ私たち夫婦もまだ漁業をやっていたはずだ。

あの集落で、おしゃべりをしながらした浜掃除などを思い出すと、皆の顔を思い出す。夢中になったカキむき作業、よもやま話に花が咲いた。夫婦で船に乗って朝早くから作業したホヤの出荷。近くまで寄ってくるカモメに話し掛けながら手を動かした。

心の中に刻まれた風景が懐かしい。浜の生活の何もかもが思い出されて、切りがなくなる。あの津波から、まだ1年6カ月だが、遠い昔のようにも感じられるし、つい最近のような感じもする。銀ザケを食べていると、浜に残った若い人たちが、あの懐かしい海で被災前と同じように頑張っている様子が目に浮かぶ。

（2012・9・21）

スズメの巣立ち

矢本風結花（多賀城市・無職　21歳）

東日本大震災の後、被災した下水処理施設の負担を軽くするため、食器を洗った水などを庭に流すようにという呼び掛けがありました。

わが家でも実行していましたが、米粒が混じっていたらしく、庭にスズメが集まるようになりました。よく観察してみると、スズメには夏毛と冬毛があることなど、いろいろな発見がありました。

一番驚いたのは、子スズメの方が親よりも体が大きく見えたことです。

体の大きな子スズメが、自分より小さな親に翼を震わせて見せて、親が見つけた米粒をねだるのです。目の前にある餌を自分でついばめばよいのに、親任せで取ってもらっている姿を見ているうちに、短大を卒業しても仕事を見つけられず、家にいる私の姿と重なりました。申し訳ない気持ちが湧いてきました。

毎日スズメを見ながら、私の頭には、私よりも小さくなった母の背中が浮かんでは消えます。

いつの間にか巣立ちを終えたらしい子スズメは、もう親スズメに餌をねだらず、自分で取っています。

私も早く子スズメに負けないように巣立ちをして、母に楽をさせたいです。チュン、チュン。

（2012・9・27）

いい顔

佐藤とよ子（角田市・主婦　61歳）

ご近所から梨を頂いた。子どもさんから「優しい顔の佐藤さんに持って行って」と言われたそうだ。えっ、私の顔が優しい？　涙が出るほどうれしい言葉だった。

私は美人ではない。若い時から苦い思いをしてきた。生まれ変わったら、絶対に美人で聡明（そうめい）な女性になりたいと思っていた。

今は、不美人でもいいから「いい顔しているね」と言われるように努力することをモットーとしている。10年ほど前に仙台で開かれた奈良薬師寺展を見学した時、「和顔愛語」と書いてもらった。その言葉を大事にしてきた。いつも笑顔で、プラス思考で生きようと思っている。

数年前に発病し、今も治療している。体の自由が利かなかったとき、友達が親身に手を貸してくれた。どうしてこんなにもかゆいところに手が届くような親切ができるんだろうと思った。自分の身に置き換えようとしてもとても無理だ。

修業が足りないぞ。そう思いながら鏡をのぞいても、いい顔の私にはなかなか会えない。そんな思いでいるときに聞いた「優しい顔の佐藤さん」という言葉。私の生き方はこれで良かったのだ、と少し思えた。うれしかった。

（2012・9・29）

夢ノート

土屋京子（仙台市若林区・主婦　57歳）

娘に勧められて読んだ「やる気のスイッチ！」という本の中に、「自分の夢を100個書き出してみると、いつの間にかほとんどかなっている」と書いてありました。

本当かな、と思いつつも書いてみたくなりました。でも、本にも載っていましたし、実際にやってみた娘も言っていましたが、100個となると結構大変です。

すぐかないそうなものから、ありえないものまで、とにかく書いてみました。

そうしているうちに思ったことがあります。夢を考えることって、かなわないと分かっていても楽しいものだということです。おまけに、自分とじっくり向き合うことで、何をしたいのか、どう生きたいのかが見えてくるような気がします。

行きたい場所と食事をしたい店の名が並ぶ中、1番目は「エッセーの公募で賞金をもらいたい」。次が「本を出版したい」。99番目は「100歳まで元気に過ごし、仙台市から賞状と祝い金をもらいたい」。そして、100番目が「人生最期の時を『ありがとう』と言って笑顔で迎えたい」です。

100個の夢たち、どうかかないますように。

（2012・10・2）

遺品整理

渡辺美千代（仙台市太白区・主婦　53歳）

母は幸せだったのだろうか。4年前に亡くなった母を思い出す度に、そう思っていました。

母は70歳過ぎまで祖母を介護していました。その後、脚が不自由になり、父の手を借りて生活していました。リハビリも頑張りました。弱音を吐かない母が一度だけ「思い切り歩いてみたい」と言いました。

遺品整理は悲しくなるからとしなかった父も、昨年亡くなりました。

それで今、私がしています。おしゃれだった母の洋服から、かすかに香水の香りがして涙がこぼれます。

大切に整理されている愛用品には、母の思いが残されているようで、なかなかはかどりません。

遺品の中から、リハビリの日記を見つけました。

そこには、父と病院職員の方々への感謝の言葉と一緒に「毎日が楽しい」と書いてありました。

母は与えられた人生を精いっぱい生きて幸せだったのだと思えるようになりました。天国の母も安心しているかもしれません。

母は亡くなってからも、周りの人に感謝すること、物を大切にすることを教えてくれています。

私も母のように前向きに過ごしていけたらと思います。

（2012・10・2）

介護仲間

藤岡政子（塩釜市・主婦　83歳）

共に認知症の夫を抱え、励まし合いながら夫の看病をしてきた介護仲間のFさんはもう、ここ塩釜にはいない。

共通の友人によると、北海道の息子さんの所に行かれたという。

お元気そうだったのに、ご主人を亡くされてから、何回か入退院を繰り返していた。

同い年のFさんと私は、中国からの引き揚げ者という境遇も似ていた。

知り合ったのは、公民館で開かれた中国語講座だった。彼女は以前、仙台で語学ボランティアにも登録していたそうだ。

終戦後、帰国が遅れてしまい、１９６３年にやっと中国から帰ることができ、デパートで働いていた頑張り屋さんだった。気っぷのいい江戸弁を話し、私は好感を持ってお付き合いをしていた。

それぞれ夫の介護に悩んでいたので、味方を得たような安心感と気安さでいつも話が弾んだ。

長い人生の間に、たくさんのいろいろな友を得て、いろいろなお付き合いをしているうちに、いつの間にかこの年になってしまった。

彼女が北海道で元気に暮らせるように祈っている。

（２０１２・10・８）

もう一度輝きたい

千葉しげ子（気仙沼市・ペンション経営　66歳）

もう一度輝きたい。東日本大震災の津波で全てを失ったあの日以来、ずっと思い続けてきました。ペンションを開業して7年半。経営も軌道に乗り、楽しく働いていました。日々があっという間に過ぎ、時間が足りないと思っていました。

あの日、あの時を境に私の人生はこれで終わり？　まさかそんな、と思いながら過ごしてきました。お客さまや友人たちが私の安否を気遣っていたようです。物流が回復すると、多くの知人から毎日のように届く応援の食材や日用品には、いつも「あなたはこのままではいけない。必ず再生する力が残っているから」と添え書きがありました。

避難してきた娘ら3家族を抱えながらも、再挑戦したいと決意したのが昨年4月。念ずれば、願いは必ずかなうものです。

今月末、ペンションを再開します。また輝ける日々を迎えられそうです。たくさんの方々から数えきれないほどの支援を頂き、背中を押され、働ける場を再び持てます。感謝してもしきれません。これからも元気にはつらつと輝く人生を歩んでいきたいと思います。

皆さん、ご支援ありがとうございます。輝く66歳、頑張ります。

（2012・10・18）

自転車復活

佐藤美穂（仙台市宮城野区・主婦 45歳）

イチョウ並木の下を自転車に乗って買い物に行くと、もうギンナンが落ちていました。実家の柿も色づいたかなと思い浮かべながら、周囲を見回して、秋を実感しています。

自転車で買い物に行き始めたのは、2週間前に高校生の長女が言った「車を運転しない日をつくったら」というひと言がきっかけでした。

運動不足の私の体形を気にしてくれたのです。「自転車は環境にも優しいし、玄関に貯金箱を置いて、乗ったときには『ご褒美貯金』をしたら、お金もたまるよ」と筋の通ったアドバイスでした。

東日本大震災直後、自転車に感謝しながら買い物に行っていたのに、また車の便利さに頼っていました。翌日、早速自転車を引っ張り出して買い物に出掛けました。5年前、自分の車を買うまでは、当たり前のように乗っていました。

急な上り坂が以前より楽に感じたのは、3人の子どもたちが成長し、時間に余裕ができたからでしょう。「たまに違ったお店に行くと、頭の体操になるんだって」と、また長女のアドバイス。

さて、今日はどこまで買い物に行こうかなあ。

（2012・10・20）

のんき、根気、元気

平間てるの（宮城県蔵王町・農業　69歳）

「のんき、根気、元気」が好きな言葉だ。茶の間に貼り、毎日見てきた。体調が悪いときは、のんき―ストレスをためない、根気―気長にやる、元気―健康第一に、と自分に言い聞かせていた。

しかし、体にも限界があるようだ。11月には70歳になる。

夫と2人暮らしの「シルバー農家」。梨とキュウリを栽培している。忙しい毎日、息切れしたり、疲れたりするのは当然だと思っていた。

知らないうちに体がＳＯＳを発信していたのに気付かず、栄養剤に頼って働き続けた。ところが、7月にとうとう心臓の発作が起きた。寝ても覚めても、発作の苦しさに不安を感じる日々が続く。幸い、病気を早く見つけてもらい、仙台市の病院を紹介された。

心臓にカテーテルを通す手術の説明を医師から聞き、体が震えた。8月末に入院して手術を受けた。「成功しました。ご安心ください」という医師の言葉に、家族みんなでホッとした。

夫は「体さえ良くなればいい」と言葉を掛けてくれ、2人でしてきた作業を1人で頑張っている。

私も回復したら、また「のんき、根気、元気」で暮らそうと思う。

（2012・10・21）

姉の目には…

佐藤恵美子（登米市・主婦　62歳）

ようやく涼しくなったこの時期、ハエは少なくなりました。それでも、たった一匹のハエに神経を逆立てられることがしばしばあります。

ハエたたきを手に、機会があればと狙いますが、反射神経の鈍い私をあざ笑うかのように、ハエは茶の間を自由自在に飛んでいます。

姉とファミリーレストランで食事をした時、姉の腕にハエがとまりました。私が追い払おうとしたら、姉は「おばあちゃんが私たちの会話を聞きに来たのだから、そのままにして」と言いました。そして「おばあちゃん、私たちは仲良くやっているから」とハエに話し掛けました。

姉は、ハエを見ると、おばあちゃんに思えてならないそうです。おばあちゃんとは、母のことです。

「よりによってハエとは。他にないものかなあ」と心の中でつぶやきました。

私たちの実家は鮮魚店なので、夏といえばハエです。ハエたたきのほかに、ハエ取りリボンも天井から何本もぶら下がっていました。

今では懐かしい光景になりましたが、ハエが飛び交う中、母は黙々と仕事をしていました。

姉は、そんなことを思い出して、ハエと母をダブらせているのです。

（2012・10・22）

働く喜び

安藤明子（気仙沼市・自営業　69歳）

東日本大震災の津波で、自宅も店も倉庫も全て奪われてしまった。

鮮魚店を営み、毎日忙しく仕事に明け暮れていた。

それまでの張り切っていた気持ちが緩んだせいか、25日間入院した。昼間寝ているので、夜眠れなくなり、朝までもんもんとする日が続いた。かえって体調が悪くなった。

そうこうしているうちに、魚市場が再開するという知らせを聞いた。カツオ船の水揚げに合わせて退院した。

仕事を再開すると、もやもやしていたのがまるでうそのように身も心も軽くなった。久しぶりに会った仲間と互いの無事を喜び合い、船員の皆さんからは「無事で良かったね」「これからも頑張れ」などと激励の言葉をもらった。あんなに大変なことがあったのに、皆「よし」「やるぞ」という気構えで生き生きと働いている。どの顔も輝いて見える。

これこそ遠い昔、中学の教科書に載っていた「働く喜び」だ。この言葉がとても好きだった。

体を動かすのが好きで、周囲から、まるでコマネズミのようだと言われるが、もうすぐ七十路。働く喜びをかみしめながら、日々を過ごしていきたい。

（２０１２・10・29）

褒め言葉

伊藤弘恵（福島市・主婦 59歳）

通信販売のカタログでおいしそうな洋菓子の詰め合わせを見つけたので、すぐに申し込んだ。近いうちに泊まりがけで出掛ける予定があった。いくつか買って、あちこちで配るのにちょうど良いと思ったからだ。

品物は1週間で届いた。1箱開けて、お茶の時間に出すことにした。子どもたち全員が巣立った今は、夫と私だけの2人暮らし。

人を褒めることのない夫は、テーブルの上にどんなおかずを並べようと文句しか言わない。まずいときは怒り、おいしかったときは黙って食べて終わりである。

この時も一口食べると、「まずい。ただふわふわしているだけだ」と、いつもの調子だった。ところが、「こんなのだったら、お前の作るケーキの方がよっぽどうまいぞ。あのケーキを食い慣れているから、へたな売り物なんてまずくて食えない」と言ったのだ。

驚いた。ケーキは結婚以来、日常的に焼いている。「残っていないのか」とはよく聞かれるものの、褒められたことは一度もなかった。

夫から「うまい」と言われたのは初めてだ。たったひと言だが、うれしくて心に残った。

（2012・10・30）

「ティータイム」で充電

我妻はるみ（宮城県蔵王町・パート　51歳）

朝、4時5分前、目覚まし時計の音で、よっこらしょと寝床から出る。コーヒーで目を覚まし、息子の弁当作りに取り掛かる。このごろは朝の寒さが身に染みる。

5月にスーパーマーケットに転職した。生活も体もリズムが変わり、慣れるまで苦労した。息子も同時期に職を変えた。今のところ、2人とも無遅刻無欠勤である。

弁当を詰めたら、新聞を取りに行く。夜明け前の静まりかえった空には、いつも正面にオリオン座がキラキラと輝いている。

冷たい空気を吸い込み、今日も頑張らなくっちゃと気を引き締める。

自分の時間がなかなかなく、趣味のパッチワークや時間をかけた料理も最近していないなと思う。パン作りも5カ月ぶりにようやく再開したばかりだ。

私も夫も息子も、健康で働く場があるということは、何よりもありがたいことだと思う。

家事と仕事の両立に悩むこともあるが、何と言っても、私は「スーパー」ウーマンだ。

毎朝大好きな「ティータイム」を読んで力を分けてもらい、一日分の充電をしてから、お店まで飛ぶように急ぐ。

（2012・10・31）

ラブレター

栗橋美弥（仙台市太白区・アルバイト 43歳）

初めて河北新報に投稿したのは、テレビ番組の感想などを紹介する「チャンネル寸評」だった。その欄は今はない。

当時15歳だった私は、ある番組を見て疑問に感じたことがあった。どうしても皆さんに伝えたかった。高校生の投稿は相手にされないかもしれないと思っていた。

あのころは、大人の投稿が多かったように思う。

もやもやしたこの気持ちを、どうしても訴えたくて、気付くとペンを握っていた。

書いては読み返し、頭をひねった。やっとの思いで書き上げた時は、喜びと達成感でいっぱいだった。すぐに封筒に入れ、投函（とうかん）した。「担当の方に読んでもらえるだけで十分です」とポストに向かってお祈りした。

数日後、投稿が掲載された。そのページに私の文章を見つけた時は、思わず驚いてしまった。今でも鮮明に覚えている。

あれから28年。投稿は続けている。私にとって、投稿を書いているときは、まるでラブレターを書いているような気持ちになる。

紙面に載ったものは、一つ一つが私の歴史になっている。

（2012・11・7）

母の手

大坪富美江（仙台市宮城野区・地方公務員 47歳）

働き者の母の手は、農作業や家事でいつも爪の間まで黒ずんでいた。

本人の名誉のために言えば、洗っていないわけではない。洗っても落ちなくなってしまったのだ。子どものころは、そんな母の手を恥ずかしいと感じた時もあった。

そんな母の手が、少しの間、白くきれいになった。

母はこの夏、腰の痛みに耐えかねて病院に行ったところ、腰部圧迫骨折と診断された。長年の無理がたたったのだろう。治るのに約3カ月かかるという。腰の痛みに加え、仕事は山ほどあるのに何もできないことによる情けなさからか、元気のない日が続いた。

そして、母の手はいつの間にか白くなっていた。触ってみたら軟らかかった。きれいだけれど、見ていると何だか涙が出た。

このごろは痛みもだいぶ無くなったようで、少しずつだが活動範囲が広がってきた。秋は収穫の時期だから、農家にとってはことのほか忙しい毎日だ。

今までの遅れを取り戻すかのように、母はまた働き始めた。手の色は元に戻ってしまったが、生き生きした表情を見ると、黒ずんだ手も悪くないと思う。

（2012・11・8）

ゴリラの唇

沓沢小波（宮城県柴田町・布工芸作家　65歳）

ごみの収集日に、大きな袋を持ったまま、前のめりに転んだ。左顔面を強打した。こんな時は、すぐに冷やせばいい、と保冷剤を顔面に当てた。固定するため、やむを得ずストッキングをかぶった。

しばらくして鏡を見ると、唇は鼻にくっつくほどに腫れていた。ちょうどその時、親しい友人がわが家を訪れた。マスクを着けて、いつものように応対した後、「実は今日しか見られないものがあるんですけれど」とマスクを外した。友人は「うわーっ」と一声上げた。そして2人で笑い転げた。

以前、奥歯を治療した時、新米の医師が太い指で無理やり唇を広げた。治療が終わると、私の唇は波模様が付くほど伸びきっていた。きちんと手当てせずに放っておいたので、あの時以来、私の唇は悲しんでいたに違いない。申し訳ない気持ちでいっぱいだ。

歌うことも、怒ることも、全ては唇から発信される。

それにしても、58年ぶりの同級会がもうすぐだ。小学校2年生の時に転校した私の顔を、みんな覚えていてくれるだろうか。

あー、神様、同級会までに唇が元に戻りますように。

（2012・11・10）

卓球

佐々木ふじ子（湯沢市・主婦 60歳）

知人の紹介で、50歳の時に卓球同好会に入会した。毎週月曜日、湯沢市役所の体育館で、午前9時から正午まで練習している。

最初のころは知人と一緒に遅れて行っていたので、誰が卓球台を並べるなどの準備をしているのか、疑問に思わなかった。

ある時、先輩たちが早く来ていることを知った。それからは私も会場に早く行き、準備の段階から参加するようになった。

メンバーは、ほとんどが私よりも「人生の先輩」だ。雑談の中にも役に立つ教えがいっぱいある。

練習の準備時間が私に、おしゃべりの楽しさを教えてくれた。

入会当初は自分が下手だということが頭をよぎり、練習相手に「お願いします」と頼むのが心苦しかった。でも、もう10年、腕もそこそこになったつもりだ。仲間とも仲良しになり、卓球の合間に大きな声でしゃべり、笑っている。

ことし還暦を迎えた私に、卓球は元気をくれ、自信も与えてくれる。今では午前だけでなく、昼食を持参して午後の部にも入れてもらっている。

ゼロから始めた卓球から、仲間と楽しむ喜びをもらっている。

（2012・11・11）

こたつむり

原加奈（多賀城市・会社員 32歳）

10月下旬の日曜日、居間にこたつを出しました。部屋の中央に大きく陣取ると、何だか一気に「冬が来た」という気分になります。

帰宅した夫は大喜び。早速、首まで入っています。

わが家では、顔だけが出ている様子を「こたつむり」、入っている人を「こたつむし」と呼んでいます。

結婚当初、部屋が狭くて片付かないからと、こたつを置くのは我慢してもらっていました。

「こたつがあったらなあ」と夫につぶやかれ続け、私も欲しくなり、3年前の引っ越しを機に購入しました。以来、冬は毎晩、夫婦そろって、こたつむり状態が続いています。愛猫もこたつが大好き。こたつ内の「場所取り」は早い者勝ちです。

一度こたつむり状態になってしまうと、なかなか動けないのが困りものです。幸せな空間でありながら、魔の領域でもあるのです。

高校生のころ、こたつで寝てしまったことがあります。電源を切られ、夜中に目が覚めると、当時飼っていた犬と猫が寄り添ってくれていて幸せだった思い出があります。

こたつさん、いつも暖かさをありがとう。この冬もこたつむしが「3匹」、お世話になりますね。


（2012・11・13）

太古の昔から

阿部生子（宮城県富谷町・自営業　58歳）

三十数年前、私は第1子の出産を控え、喜びと不安の間で揺れ動いていた。ある晩、ついに不安が勝り、夫の前で泣いてしまった。

すると、「太古の昔から女の人たちがしてきたことを、あんたにできないはずはないから」と夫が言った。普段は無口な夫の精いっぱいの言葉に、女性が洞窟のたき火の前で出産する場面を思い浮かべた。この文明の時代に何も怖がることはないのだと、すっと不安が消えた。

3人の娘が次々に出産を迎えたこともあって、そのことを思い出した。心配ないことを伝えたくて、娘たちにこの話をした。「お父さん、良いことを言うね」と褒めてくれた。

娘たちが出産を終えて集まった。今度は父の言葉に対して「あの痛みを知らない人には言われたくないよね」と口をそろえた。

上げたり下げたりされた夫は、仏壇の上に掛けてある額縁の中で、穏やかに笑っている。

先日、弘前に帰った末娘から手紙が届いた。子どものかわいい寝顔を見ていると、元気に育てていけるのかと不安でいっぱいになるけれど、お父さんの言葉を思い出して「自分にできないはずがない」と言い聞かせていると書いてあった。

（2012・11・16）

食用菊

横山てふ（東松島市・無職　86歳）

花はどれも好きですが、中でも食用菊は、観賞と食の両方を楽しめるので特に好きです。ずっと栽培していませんでしたが、今春、実家にあった苗を分けてもらい、大切に植えました。猛暑で心配しましたが、見事に咲きました。つぼみもいっぱいです。

花びらが散り始め、「収穫期だ」と花を摘みました。

「ごめんね、おいしく食べられたら、本望よ」と独り言を言いながら、丁寧に摘み取りました。花からがくをきれいに取り除いて調理します。おひたしや天ぷら、クルミや豆腐とのあえ物のごちそうはとてもおいしいです。

食材が豊富な現代では素朴な味ですが、栄養面でもビタミン類や鉄分、カロテンの含有量がとても多いと聞いたことがあります。

幼いころ、実家では食用菊をたくさん栽培していたらしく、祖母が大ざるに花を取ってきました。座敷に敷いたござの上で花からがくを取り除くのが私の仕事でした。

一日中、飽きずに菊の花のがくを取り除いていた子だと、褒めてもらったのを覚えています。食と観賞が共存していた時代があったことに、感慨深いものがあります。


（2012・11・18）

城島健司選手

樋渡明美（多賀城市・契約社員　52歳）

プロ野球・阪神タイガースの城島健司選手が引退しました。

2軍でプレーしていた城島選手は、1軍での引退試合を、周囲に迷惑を掛けたくないと辞退したそうです。

あれほど活躍したのに、2軍でひっそりと引退試合をしたのを見て、彼らしいと涙がこぼれました。

と言っても、個人的なお付き合いがあるわけでもなく、熱狂的なファンだったわけでもありません。

東北楽天ゴールデンイーグルスが誕生した2005年、何度か球場に足を運びました。当時は規制も緩く、子どもたちは気軽にサインをねだることができました。福岡ソフトバンクホークスにいた城島選手に対し、ある子どもが「城島、サインちょうだい」と言いました。

すると、彼は「何で呼び捨てにするんだ。目上の人に向かって呼び捨てではないだろう」と注意しました。

それを聞いてハッとしました。子どもが芸能人やスポーツ選手を呼び捨てにすることがありますが、それは大変失礼なことだと思います。

子どもにきちんと向き合う気持ちがあればこそ出てくる言葉であり、思わずかっこいいとうなずいたことを昨日のように覚えています。

城島選手、お疲れさまでした。

（2012・11・19）

支え合って

佐々木武子（登米市・農業 76歳）

自宅で食べる分だけを作る田んぼと、わずかな年金で生活している私たち老夫婦。昨年、ことしと、私は体調を崩して入院した。退院後も、腰痛や膝の痛みに悩まされている。

11月なのに、雨続きで稲の取り入れが集落で最後になった。

わずかな晴れ間を見て、80歳の夫が「もう少しで終わりだから、脱穀を済ませるか」と立ち上がった。「見ているだけでいいから」と言う夫と田んぼに行った。脱穀機のエンジン音がする中、もみ袋がいっぱいになり、わらがたまっていく。そうなると、見ているだけというわけにはいかない。

「いいから、じっとしていろ」と言う夫の声をよそに、棒掛けの稲を抱えた。ビールケースを踏み台にして、脱穀機にしがみついた。夫が、もみ袋やわらを運びながら、「大丈夫か」と何度も声を掛けてくれた。やっと脱穀作業が終わった。

秋の夕日を浴びた私の影は、まるで枯れ枝のように細かった。こんな体でも農作業ができたという満足感。きっとそれは、「人」という文字のように、夫と2人、支え合ったことによるものだ。

また雨が降ってきた。終わって良かった。今夜はゆっくり休もう。

（2012・11・24）

冬のバラ（2012～13年　冬）

延命治療拒否書

菅原きみ子（栗原市・無職　89歳）

来年は90歳になります。近隣では最高齢になりました。健康に恵まれ、庭のプランターで花づくりができることに幸せを感じています。理容店をしているわが家の店の棚に、花を生けた小つぼを3、4個飾るのも楽しみの一つです。

冬越しの植物を並べた自室の出窓を眺めながら、どんなに頑張っても「その時」は来る。できれば、周りに迷惑を掛けずにと思うこのごろです。逝く日まで、自分のことは自分でしたいので、長患いしないようにと足腰の体操を毎朝欠かしません。

願いがかなうかかなわないかは神のみぞ知るところですが、重い病で寝込んだ場合の延命治療だけは避けたくて、「延命治療拒否書」をだいぶ前に書きました。

「あちら」へ逝ったとき、待っている父母、兄、姉、近しかった友達に聞きたいことや知らせたいことなどをあれこれ考えています。

気掛かりなことは多々ありますが、もはや老いた私の力ではどうにもならないことばかりです。

被災地の復興が進まないのに、何にも役立たない年寄りが生き永らえることは申し訳ない気もします。

天命の尽きる日まで、現在の平和な生活が続くようにと願っています。

（2012・12・1）

サイカチ

松崎せつ子（宮城県丸森町・無職　81歳）

美容院に行った。洗髪台にあおむけになる。ゆったりして心地よい。

美容師さんの柔らかい指先で優しく洗ってもらい、うっとりとした。

ふと、10代のころの洗髪を思い出した。シャンプーなどない。固形せっけんを手で泡立て、髪になすりつけて洗った。リンスなども当然ない。すすぎに髪油を1、2滴たらし、くしでとかしておしまいである。

戦争が激しくなってからは、せっけんも買えなくなった。代わりに木灰やサイカチの実を使った。実はさやごと布に包んだ。少しは泡が出たので、いくらかは汚れが落ちたのかもしれない。実で髪を洗うと、皮が細かくなって髪にくっつくので、川へ行って流水ですすいだ。

そのころ、川はとてもきれいで、夏はいつもそうしていた。

母のつばき油をくすねてつけ、ほのかな香りにちょっぴり大人になったような気がしてうれしかった。

サイカチの木は実家近くの川のそばにあり、枝にどっさり実を付ける老木だった。

先日、木があった所に行ってみたら、伐採されたのか、枯れて倒れてしまったのか、姿はなかった。

幼い日の思い出が、また一つ遠くに行ってしまったような気がした。


（2012・12・4）

スケート

伊藤満子（仙台市青葉区・無職　87歳）

11月23～25日の3日間、宮城県利府町でフィギュアスケートのＮＨＫ杯が開かれた。地元開催でもあり、素晴らしい演技に魅せられてテレビの前にくぎ付けになった。

隣町なのに見に行けないもどかしさ。仙台市出身の羽生結弦選手の演技には、茶の間で手が痛くなるほど拍手を送った。１週間以上たった今も、余韻に浸っている。

現在の高校に相当する女学校時代まで、満州（中国東北部）で育った。冬には氷点下10度以下になり、校庭はスケートリンクになった。体育の授業でスケートを習った。フィギュアスケートではなく、主にスピードの方だった。

冬の間、朝早く登校し、校庭を2周してタイムを計った。フィギュアを習うときは靴を換えて、校庭を8の字に周回した。

父が付き添って、氷が張った近所の池でも練習した。

2人の娘たちが中学生だった１９５０年代、家族４人で近所のスケートリンクに行った。私は二十数年ぶりだったが、スケートが初めての3人に歩き方や滑り方を教えた。

孫が成長後も、一緒にリンクに立った。若いころ体が覚えたことは、ずっと忘れないものなのだと思う。

（２０１２・12・6）

方言

真壁政江（仙台市青葉区・主婦 68歳）

福島県南会津町で育った私は、実家を離れて40年になる。年に1度帰省しても、たわいないおしゃべりをしてくるくらいなので、古里の方言はとんと忘れていた。

ところが最近、ふいに口に出ることがある。先日も「お父さん、さま戸閉めた？」と言ったところ、会津でも喜多方生まれの夫には意味が通じず、「お母さん、『さま戸』って何？」と聞き返してきた。

南側に面している廊下の窓のことのはずだが、はっきりしない。実家の妹に電話で聞くと、妹もはっきりとは分からないと言うものの、同じ意味で今でも使っているそうだ。

方言といえば小さいころ、父のことを「ざー」、母のことを「おが」と呼んでいた。これもなぜそう言うのか不思議だ。

鍋いっぱいに具を入れて煮物を作った時には「こじみだま作ってしまった」。「こじみだま」は、たくさんという意味だ。「こんなにおかしな方言はないよね」と、夫と2人で大笑いした。

古里には落人伝説が残るという。方言も伝説と関係があるのかもしれない。

方言は奥深いものだと思い、古里をしのんだ。

（2012・12・12）

46冊目の日記帳

早坂智子（宮城県加美町・無職　88歳）

師走に入り、日めくりカレンダーもだいぶ薄くなってきました。私の日記帳も、白紙のページが残り少なくなってきました。

年を重ねると、「光陰矢の如し」のことわざが一層身に染みます。

11月に買い求めておいた新しい日記帳を本棚に並べました。横には古い日記が45冊、そろいの背表紙を見せて全集のように収まっています。私の半生の歩みです。

若い時は大学ノートに家計簿と日常の出来事を記していましたが、いつの間にか日記帳を使うようになりました。

よく続けてきたものだと思います。書くことで自分を励ましていたのでしょう。いつも最後の行まできっちりと書きます。小型なので使いやすいです。

夫が「よくそんなに毎日書くネタがあるものだな」と言います。随筆みたいな内容です。書くのが生きがいの一つになっています。

これからも手の動く限り続けたいのですが、最近はページの終わりを「今日も無事過ごした」と結ぶことが多くなりました。何も変わりない平凡な日々が一番です。

さて新年は、どんなことを日記につづることになるのでしょうか。

（2012・12・13）

初対面

菅原幸子（登米市・主婦　58歳）

２００５年12月2日の「ティータイム」に載った「1リットルの涙」を読み、生活環境が私と全く同じなのに驚きました。この方に手紙を書かなければと思い、問い合わせて、隣の市に住むK子さんに手紙を出しました。以来、7年にわたって手紙のやりとりが続いています。

共に義母を在宅介護し、同じ農家で、夫婦の年齢も子どもの人数も同じ。末っ子の誕生日まで一緒です。

彼女が介護してきた年数は私の倍もありましたが、不思議な縁を感じながら、介護や家族、農作業のことなどを手紙に記すことで、ストレスをためずに介護生活ができました。

彼女が先日、わが家の玄関に立っていました。「ティータイムで…」という一言で、すぐ分かりました。登米市に住む息子さんを訪ねた帰りに寄ってくれたそうです。くしくも7年前、K子さんのことを問い合わせたのと同じ日に、初めて対面することができました。

この1年、共に身内を亡くしたり、家族が入院したりと、悲しくつらい思いをしてきました。短い時間でしたが、まるで旧知の友のようにたくさんお話ができました。

これからは、彼女の笑顔を思い浮かべ、手紙を書くことができます。

（２０１２・12・19）

私の10年日記

桜井たつえ（多賀城市・主婦 60歳）

新年を迎えた時、多くの人が「ことしこそは日記を書くぞ」と書き始めるのではないでしょうか。随分前のことですが、新聞か雑誌に「日記を1月1日に始めるから続かない。むしろ途中から始めると長続きする」と書いてあったのを読みました。試しに私も7年前、12月に5年日記をスタートさせました。

1冊目が終わった時、何とも言えない満足感に浸りました。

2年目以降は、冠婚葬祭や季節の移り変わり、暖房器具の使い始めの時期などが一目瞭然に分かります。

1冊目は息子が亡くなった時の数日分が空白になっていますが、私には文字にできなかった空白のページも思い出となる大事な宝物です。

2冊目に入って間もない3月、東日本大震災で、大事な日記もなくしてしまいました。震災後はなかなか書く気になれず、パソコンにその日の出来事などを入力していました。

しかし、日記帳のように、つれづれに振り返ることができません。やはり手書きにしようと思い、10年日記帳を購入して、夫が還暦を迎えた10月末にスタートしました。

1カ月がたち、このままずっと続けられそうです。もうすぐ先頭のページに戻り、新たな年に入ります。

（2012・12・21）

サンタクロース

菊地美智子（仙台市青葉区・主婦 64歳）

12月も半ばを過ぎ、街のイルミネーションに赤や緑が多くなり、クリスマスソングが流れ始めると、思い出すことがあります。

娘が小さいころ、クリスマスは大事な日でした。娘はサンタさんからどんなプレゼントをもらうか何日も前から考え、手紙に書いてお願いしたり、直前に別の物に変えてサンタさんを慌てさせたりしていました。プレゼントがいつも行くデパートの包装紙に包まれていることに疑問を抱きながらも、その日を指折り数えて待っていました。

ある年のクリスマスの少し前、サンタクロースがプレゼントを自宅まで直接届けてくれるという企画があり、運よく抽選に当たりました。

娘には内緒のまま当日になると、赤い服に身を包み、白いひげを付けたサンタさんが玄関に来ました。娘と出迎えると、サンタさんは黒縁眼鏡を掛けた痩せた男性でした。

娘はけげんそうにプレゼントを受け取りました。もう少し体形などに気を使ってくれればいいのにと思って見ていると、サンタさんが伝票を出して「すみませんが、ここに認めをお願いします」と言いました。

それ以来、娘はサンタさんのことを待たなくなりました。

（2012・12・24）

離れて思う古里

石川たまゑ（仙台市太白区・主婦　52歳）

東日本大震災から1年9カ月がたちましたが、私の古里の石巻は、まだ傷んだままの所が多く、心を痛めています。

先日、栗原市に住んでいる妹から、自家製の白菜やダイコンなどのみずみずしい冬野菜が宅配便で届きました。

わざわざ送ってもらって申し訳ないなあと思いながら段ボール箱を開け、新聞紙で丁寧に包んであった野菜を取りだすと間もなく、その妹から電話がかかってきました。

「あのねー、大事にしまっておいた、甲子園に出場した石巻工業高校野球部の主将が選手宣誓した時の記事が載った新聞を、間違って白菜を包むのに使ってしまったようなんだけど…」と半分笑いながら言いました。

急いで見てみると、確かに「勇気、笑顔、届ける」という見出しの記事と、主将の阿部翔人君が元気に宣誓している写真が載った新聞紙がありました。既に白菜の水分をたっぷりと吸い込んでいました。

離れていても、妹もやはり古里のことを気に掛けて暮らしていることが分かり、うれしくなりました。

大丈夫。私もしまってあるから、後で送ります。

（2012・12・27）

ネパール

上戸洋子（仙台市青葉区・主婦 59歳）

大学の山岳部に入った娘が「春休みにネパールへトレッキングに行きたい」と言った。それを聞いて、38年前、学生最後の冬休みをネパールで過ごしたことを思い出した。

メンバー5人とゴーキョ・ピーク（4790メートル）周辺のトレッキングを終え、同行したシェルパの実家に泊めてもらった。ヒマラヤの山懐に抱かれた小さな集落で、標高3440メートルにあった。山腹に白い石造りの家々が並んでいた。

家族みんなに歓迎してもらい、2階の炊事場兼居間に寝泊まりした。「雪男を見た」「大きな足跡があった」などと、炉を囲んでイエティ談議に花が咲いた。

年を越し、旅の無事を祈るカタという白い布を首に掛けてもらい、帰国の途についた。ところが、積雪のため乗り継ぎの飛行機が欠航。乗客全員で滑走路の雪かきをする羽目になった。旅先では何が起きるか分からないとは、よく言うけれど…。

エベレストをはじめヒマラヤの山々を間近に見たり、ネパールの人々と触れ合ったりした日々。1974年、21歳のことだった。

娘も良い旅ができることを願いつつ、ネパール語で「ゆっくり」を意味する「ビスタリ」という言葉を思い浮かべた。

（2012・12・28）

延命治療に思う

白鳥サト子（栗原市・農業　78歳）

1日の「延命治療拒否書」を複雑な思いで読みました。

私の86歳の姉は誤嚥（ごえん）性肺炎で入院。11月に「余命1週間」と宣告されました。「点滴も入らないので、胃ろうなどの延命治療をするかしないか結論を出してほしい」と言われ、姉の家族に、私たちきょうだいも加わって家族会議を開きました。

「食べる楽しみも認識できず、本人に生きる望みはあるのかしら」などと、これ以上弱っている姉の様子を見たくない私たちきょうだい。それに対し、姉の家族は「認知症は進行しているけれど、意識はあるのだから、1日でも長く生きてほしい」と延命治療を譲りませんでした。

結局、延命治療をお願いすることになり、胃ろうも施しました。その後、姉は容体が落ち着いて退院し、入院前に生活していた老人ホームのお世話になっています。寝たきりですが、私が訪ねると「おにぎりと漬物が食べたい」とねだります。

家族会議では、親子の絆の強さを痛感しました。それに比べ、私たちきょうだいの愛情はどうだったかと思うと、腹立たしくなります。

いずれ、私も姉のような状況に置かれないとも限りません。その場合、どうするか。難しい問題です。

（2012・12・30）

初夢

角張あさ子（名取市・無職　67歳）

昨年9月、仙台市青葉区北山のお寺を巡り歩く「七福神巡り」というハイキングツアーに参加しました。あるお寺の本堂に「なかきよのとおのねふりのみなめざめなみのりふねのおとのよきかな」という、上から読んでも下から読んでも同じになる回文と宝船がプリントされたハンカチが飾ってありました。

60年前の正月のことを思い出し、興奮しました。その回文は、私の実家では初夢を見る2日の夜、父の手ほどきを受けて和紙に1人ずつ書き、家族同士で交換し合い、3度唱えてから良い夢を見るために枕の下に敷いて寝ました。

私たち子どもは何の意味なのか分からないまま、にぎやかなのが楽しくて一生懸命書きました。年に1度の風習でしたが、今でも一字一句覚えています。懐かしくて、ハンカチをすぐに買い求めました。

昔の人は、正月の初夢の内容で1年の吉凶を占ったそうです。だから良い初夢を見ようと願い、おまじないのような風習を始めたようです。室町時代に始まったのだとか。

「長き夜（世）を皆で幸せになりましょう。そして幸せに彼岸に至りましょう」という意味だと、そのお寺のお坊さんが教えてくれました。

（2013・1・3）

殻豆じゃんけん

山形静子（仙台市若林区・無職　86歳）

戦争と不景気で、どこの家も貧しかった昭和初期。わが家では正月に家族皆で楽しめる「殻豆じゃんけん」という遊びをした。

こたつの正面にあぐらをかいて座った父の膝の上に末の妹がちょこんと座り、その右側に母、父の向かいには私と上の妹が座った。母の向かいには兄と弟が並んで陣取った。

夕食後、母が袋に入った殻付きの落花生を台所から持ってきて、皆に等分に配った。各自は豆の数を確かめて、他に見られないようにしまった。母の合図で皆が豆を一つずつ出し、真ん中にまとめた。そして掛け声とともにじゃんけんをした。誰かが大声で「勝ち」と言うと、勝った者は皆が出した豆をもらえた。

繰り返しているうちに、いつも弟が泣きそうになった。すると、母は弟を自分のそばに引き寄せ、「大丈夫、母ちゃんが助けてやるから」と励ましてじゃんけんをし、「勝ちー」と威勢よい声で言うが早いか、勝ち分をさらって弟の前に置いた。弟がにっこりして豆を手で覆うと、皆が大声で笑った。そうやって弟に花を持たせて終わるのがいつものことだった。

遠い昔、7人の大家族で暮らしていたころのお正月の光景である。

（2013・1・5）

腕時計

中嶋桂子（登米市・主婦 77歳）

63年間愛用してきた腕時計が故障してしまった。家族からは「そんな古い時計なんか捨てて、新しい物を買ったら」と言われていたが、苦楽を共にしてきた思い出の多い腕時計なので大事に使ってきた。

元理容師の私は15歳の春、今は亡き父に伴われて宮城県佐沼町（現登米市迫町）を出発した。バスで1時間ほど離れた町で住み込みで見習いをするためだった。腕時計はその日の朝、母から贈られた。今は見掛けることが少ないねじ巻き式である。

ホームシックになったときなど、時計を見ると母に励まされているような気がした。おかげで挫折せずに踏みとどまることができた。

理容師試験の受験勉強は、一日中、立ち通しで働いた後にやったので体にこたえた。睡魔と闘い、時計とにらめっこしながら頑張った。1回目の試験に合格して免許証を手にしたときは時計を握り締めて泣いた。

その腕時計をして病院に行こうとしたら、動いていなかった。ねじを巻いても駄目だった。それまではほとんど狂ったことがなかったので、諦めきれない。

ケースに入れ、たんすの隅にしまった。そのうち、ふとケースを開けると、動いているような気がする。

（2013・1・8）

私の処世術

相原米子（仙台市青葉区・化粧品販売 65歳）

若いころ、退屈よりも波瀾（はらん）万丈な人生が良いと思っていたせいか、いろんなことがあった。30代の時、夫が保証人になった知人の借金トラブルで、家が人手に渡った。義母と2人の子どもを抱えて不安におののきながら暮らした。45歳の時には、娘が孫1人を残して亡くなった。なぜ、自分たちだけがこんなに、と神様を恨んだ。

還暦を過ぎ、普通に年を取って、おじいちゃん、おばあちゃんになると思っていたのに、夫が他界した。連れ立って歩く老夫婦を見ては、何度涙を流したことだろうか。

当たり前だと思っていることは何一つ当たり前ではない。そう考えるようになったころから、あらゆるものに感謝の念を抱くようになった。

目の前を足の不自由な人が通るのを見掛け、不自由なく歩けることに感謝。帰る家があること、食事を自分の歯でかんでおいしく食べられることに幸せを感じ、感謝する。

嫌なことをされても、人にやってはいけないことを教えてもらっているのだと思うと、腹も立たない。従ってストレスもあまり感じない。

気楽な処世術を身に付けたものだと思う。正月休み、夫のことを思い出しながら、お酒をいただいている。

（2013・1・9）

初日の出

畠山暁子（仙台市青葉区・主婦　63歳）

3カ月前に始めた早朝の散歩に元旦も出掛けました。すがすがしい日でした。いつもの2キロほどのコースを歩いていると、JR仙山線の線路沿いにある遊歩道の見通しの良い場所に、十数人の人たちが集まっていました。

何をしているのかしら。通り過ぎてから振り返ると、皆、東の空を眺めています。日の出を待っているようでした。

そうか。今日は1年の始まり。初日の出を拝むと縁起がよいのだろうなどと考えながら自宅近くまで来ると、雲の塊の向こう側があかね色になり、オレンジ色の太陽がゆっくりと顔を出しました。思わず手を合わせ、「世界中の人たちが幸せでありますように」と祈りました。

20年ほど前、富士山に登ったときに夕日を眺めて感動しましたが、翌朝体調不良になり、御来光は拝めなかったことを思い出しました。

この年になって、素晴らしい日の出を初めて見ることができました。ことしはきっと、良いことがあるはずだと思い、胸が弾みました。

家に戻って家族に初日の出の話をすると、「へぇー、縁起が良いね」と、皆が笑顔になりました。

（2013・1・11）

ならぬものはならぬ

宗像栄子（名取市・主婦 68歳）

幕末の会津藩に生まれた女性、新島八重の生涯を描くNHK大河ドラマ「八重の桜」が始まった。私たち夫婦は田村市出身で、新婚時代の3年間を会津若松市で過ごした。同じ福島県内とはいえ、知らない土地での生活に不安があったが、いつの間にか溶け込み、会津人の快い頑固さと人情の厚さにほだされた。

40年以上たった今でも交流は続いている。会津の人たちは皆面倒見が良く、懐も広い。私が「子どもができない」と話すと、隣人はいろいろと助言してくれた。妊娠したようだと話すと、「この病院がいいべ」と産婦人科まで連れて行ってくれた。

別の近所の人は、赤ん坊が生まれると大変喜んでくれ、銭湯通いの生活だった私たちを自宅の風呂に入れてくれた。何よりも印象に残ったのは「自分の弱い心に負けるな。ならぬものはならぬ」と熱く語り、諭してくれたことだ。

昨年暮れ、会津に行った。福島第1原発事故による風評で、宮城県からの修学旅行生が少ないという話を聞き、胸が痛んだ。

それでも、会津の人たちは「ならぬものはならぬ」の精神で、復興に前向きに取り組んでいるように見えた。頼もしく思った。

（2013・1・15）

8年間の思い

吉田菜緒（仙台市泉区・小学6年 11歳）

私は、幼稚園のころから髪形を三つ編みにしています。

それまでは、お団子やポニーテールなどにもしていましたが、幼稚園に入るときに、お母さんが初めて編んでくれた三つ編みがなぜかしっくりきて、気に入りました。

そのときから、ヘアスタイルは三つ編みと決めています。いつの間にか、私のチャームポイントにもなっています。

4月から中学生になります。新しい学校生活がスタートするのに当たり、髪形を今のままにするか、それとも変えるか、とても悩んでいます。

三つ編みが耳の横にあると、お母さんといつも一緒にいるような感じがして安心します。お母さんはこの8年間、体調が悪くても、嫌な顔をせずに毎日必ず編んでくれて、学校へ送り出してくれました。

それに、センスのない私のために、かわいい髪飾りもそっと着けてくれます。

そんなことを考えると、今のままでいた方がいいのかなと考えてしまいます。

中学校生活に向けて、髪を切るかどうか迷う冬。小学校を卒業するまで、あと2カ月です。


（2013・1・16）

お掃除ロボット

阿部洋子（仙台市泉区・主婦 65歳）

通院していた歯科医院の待合室で、丸い形をしたお掃除ロボットが活躍していた。前から欲しかったので、実物を見て買おうと決心した。景品がもらえる初売りの日に購入した。

「前期高齢者」の夫婦2人が暮らす家に、お掃除ロボットが加わった。生まれたころには掃除機さえなかったのに。時代の進歩をつくづく思い知らされる。

買ったばかりということもあり、掃除を任せきりにし、優雅にコーヒータイムというわけにはいかなかった。家具の間を動けるように物を移動した。センサーがあるために大丈夫らしいが、階段や玄関の上がりかまちから落ちないかと心配で、追い掛けて歩いた。

フィルターを掃除するために、今までの掃除機も必要だ。それに、ゆっくり掃除するので、気の短い人には向かない。きれい好きには物足りないかもしれないが、四角い部屋を丸く掃く私にはちょうど良い。何よりも、ロボットに掃除してもらうのが楽しい。

なかなか掃除をしてくれなかった夫が、いそいそと2階に連れていく。2人だけの静かな生活が、ちょっぴり活気づいてきた。

（2013・1・22）

長い友達

奈良岡まさ子（仙台市宮城野区・パート 63歳）

16日の「8年間の思い」を読んで、小学6年生の吉田菜緒さんとお母さんの毎朝の光景が目に浮かび、私まで幸せな気分になりました。

私も娘の髪を結い続けました。幼稚園のクリスマス会や小学校の学芸会では、その当時流行していた編み方をして、私の方が楽しみました。

中学や高校では、娘のリクエストがあったり、学校の規則があったりして、楽しみというよりは弁当作りと同じような「朝の仕事」でした。嫌な顔をしていた日もあったかもしれません。

就職のため家を出る直前、お友達に「これから髪はどうするの」と尋ねられ、慌てて美容院へ行ってカットしてきたという不器用な娘です。

髪は、その字が表すように「長い友達」です。これからも髪のことで何度も悩むことがあるかもしれません。人生と同じように毎日変わらないのが心地よいときもあれば、少しでも変化があるのがうれしいときもあります。

たくさん悩んでください。そして楽しんでください。「アラフォー」になった娘は今でも年に一度、仙台七夕花火祭を見物するために浴衣を持参して、「髪やって」と私に頼みます。それもうれしいことです。

（2013・1・24）

おけと升

大久房江　（宮城県亘理町・主婦　65歳）

「白菜漬けを多めに作るので、何か容器はないか」。同居している87歳の母にそう尋ねると、物置の奥におけがあるという。早速取り出してみると、内側と底に塩がたっぷりとまぶしてあった。おけがバラバラにならないようにするための工夫なのだろう。このおけはもともと水くみ用で、水道になってから取っ手を切り落として漬物用にしたとのこと。

母がこのおけを使っていたのは、20歳になったばかりのころ、亡くなった父と所帯を持ったときだそうだ。てんびん棒で水を運ぶのが苦にならなかったと、母は当時を思い出して笑った。

しゅうとめからもらった５合（約９００ミリリットル）升も、まだあると言う。私が精米するときに使っているのがそれだとか。製造元の焼き印が押してあり、角が丸くなっているものの、風格がある。日常生活の中で、祖母から引き継がれたものを孫の私が使っているのは、絆がつながっている証しかなと思う。

おけで水を汲み、升でコメを量り、父の弁当を作る若き日の母を想像すると、ほほ笑ましく感じる。これからも、母の思い出がいっぱい詰まったおけと升を大事に使っていこうと思う。

（２０１３・１・25）

子どもたちと戦争

高橋正子（仙台市宮城野区・無職 87歳）

昨年12月13日、仙台市中野栄小から招かれて、戦争体験を話してきました。6年生が社会科で戦争について学んでいるそうです。市民センターなどで戦争体験を話したことがあったので、依頼されたのでしょう。

私は従軍タイピストとして、北ボルネオ（現在のマレーシア）の陸軍司令部に勤務しました。ジャングルの中を、敵の攻撃だけでなく、飢えに苦しみながら逃避行を続けた兵士たちの悲惨な様子を話しました。数千人が命を落としました。本当に悲惨で残酷でした。子どもたちは皆、真剣に聞いてくれました。

年が明け、6年生がまとめた原稿用紙100枚もある文集「戦争体験を聞く会（感想文）」が届きました。寝るのも忘れて読みました。

「教科書には載っていない怖さが分かりました」とか「正子さん（私）の話を聞き、どんなことがあっても戦争は駄目だということが分かりました」などという感想を読んで、涙が込み上げてきました。

戦争のことを分かってもらえたと思い、ホッとするとともに、話して良かったと思いました。異国で命果てた人々の悔しさを少しは慰めることができたような気がしました。

（2013・1・26）

冬のバラ

木村和子（多賀城市・主婦 73歳）

毎年秋に庭木の手入れをする夫が一昨年11月に脳梗塞で倒れ、体に障害が残りました。以来、忙しさに追われて手を付けられないでいたこともあって、狭い庭は伸びすぎた枝と生い茂った葉が目立っていました。

ところが、昨年11月、懸命のリハビリによってだいぶ回復した夫が、「庭木の剪定（せんてい）をする」と言い出しました。心配なので「造園屋さんにお願いしましょう」と言っても、夫は「うん」と言いません。仕方なく、ハラハラしながら見守りました。

無事に終えた夫は満足そうでした。半月後、剪定したバラの枝からつぼみが顔を出しているのを見つけました。枝ごと台所に飾ると、暮れにピンクの花を咲かせました。

寒さに負けず咲いたバラと、不自由な体にもめげず庭仕事を成し遂げた夫。どちらも「頑張ったね」と褒めてあげました。

お互い年を取りました。言葉にも障害がある夫は、不自由な発音で、「ダイジョウビかあ」と私を気遣ってくれます。どんな境遇になっても諦めてはいけない。一輪の冬のバラに励まされて、心が少し楽になりました。ことしは何だか、良いことがありそうな気がします。

（2013・1・31）

餌台

小針英子（仙台市青葉区・会社役員　61歳）

庭に餌台を新調してから3カ月、やっとシジュウカラのつがいがやって来ました。周囲の木々を飛び回っているなあと眺めていると、ひょいと餌台に乗り、パンくずを代わる代わるついばんでいきました。

2、3日前からヒヨドリのカップルもやって来るようになりました。その前にはメジロのつがいも。ようやく東日本大震災前の平穏な庭に戻りました。

震災で、わが家も半壊の被害を受けました。修理できないほどなので、思い切って建て替えました。

2度の引っ越しに、体調を崩していた私の体が耐えられるかどうか不安もありました。震災後に悪化した腰痛と腹部膨満感に加え、胃がんまで見つかり、昨年9月に手術を受けました。幸いなことに、胃の3分の1は残り、術後の経過も良好なので、まずは一安心しました。

退院してほどなく、リハビリを始めました。疲れては休むという日々の暮らしに変化と潤いを与えてくれる野鳥たちが、約2年ぶりにわが家の庭に帰って来てくれました。鳥たちの姿を見掛けた日、カレンダーに大きな赤丸を書き入れました。

立派な餌台を作ってくれた夫のいとこに感謝したいです。

（2013・2・1）

心までがんにはならない

田中末子（仙台市若林区・無職　76歳）

「ぼうこうがんです。大きさは7㌢くらいです」。私の顔を真っすぐ見詰めながら、医師は隠すことなく正確に教えてくれた。なぜか治してくれると信じることができた。

2011年3月9日、東日本大震災の2日前だった。その月の29日に手術を受けることになった。津波で友人も、嫁の実家も流された。もっと長く生きるはずの多くの命が失われた。生き残った人たちもつらく、苦しんでいた。そんなときに、がんのことなど言っていられなかった。私たちの所に息子夫婦が避難してきた。

家族4人、どうやって食べさせよう。頭にはそれしかなかった。入院の準備もできず、身近にある最低限の物だけを持って入院した。手術室に入るまで、息子たちにはがんであることを知らせなかった。合わせて3回手術を受け、9月に退院した。2日後には、大切なバレーボールの仲間がいるチームに戻った。

今も眠ると、怖い夢を見る。私は起きているときに夢を見ることにした。家族みんなで幸せに暮らすことや、コートで最高のプレーをすることなどだ。前向きに生きよう。心までは、決してがんにはならない。

（2013・2・2）

名字

門間恵子（多賀城市・主婦　73歳）

長年、年賀状を交換している方から、いまだに名字が間違ったまま届きます。「門間」の「間」が「馬」になっているのです。

欠礼状も含めて約350通のうち、7通が「馬」でした。4通はパソコンの誤変換のようです。

実は、私も「馬」で失敗しました。いわき市で育った私は東京での学生時代、せっせと仙台市出身の今の夫にラブレターを送ったのですが、「小生、馬ではありません。人間です」と返信がありました。指摘されるまで、全く気が付きませんでした。関東以西の人は、「もんま」といったら、「門馬」しか思い浮かばないようです。結婚当初暮らしていた東京の銀行や病院などでは、「かどま」と呼ばれるのがほとんどでした。しばらくたってから、「私のことですか」と名乗り出ていました。

宮城県に住んで約半世紀。こちらは「門間」さんがたくさんいて、心強く暮らしてきました。それでも、会議の資料の中の名前や用意された名札に、時々「馬」がいることがあるので、油断はできません。

最近は「馬じゃなくて、人間なんですけど」と言っている自分に、思わずおかしさが込み上げてきます。

（2013・2・4）

埴生の宿

佐藤三和子（東松島市・無職　57歳）

　仮設住宅で2度目の冬を迎えた。どうしてこんな環境にいるのか、夢を見ているのかと思うことがある。東日本大震災の津波で、自宅は全壊した。戻るべき家のない寂しさや自宅再建の見通しがない不安は、私だけでなく、多くの仮設住宅で暮らす人々の共通の思いだろう。

　若いころ、合唱サークルでよく歌った曲に「埴生（はにゅう）の宿」がある。確か「あばらや」という意味だったと思う。外国の有名な曲で、映画「ビルマの竪琴（たてごと）」の中で歌われていた記憶がある。しみじみと心に染みるメロディーだ。

〈埴生の宿もわが宿／玉の装いうらやまじ／のどかなりや春の空／花はあるじ鳥は友／おおわが宿よ楽しともたのもしや〉という歌詞は今の私の心境のようだ。

　どんな環境でも楽しいことはあるもので、孫のような女の子と仲良くなってお茶飲みをしたり、仮設住宅の巡回に来る警察官の方と話をしたりする機会もできた。他県から応援に来ているそうで、ありがたいことだ。兵庫県警から出向してきた方とは震災を経験した者同士、野球談議で盛り上がった。

　ゆっくり自分のペースで、仮設でない埴生の宿を取り戻そうと思う。


（2013・2・5）

化粧

小泉尚子（仙台市太白区・主婦　38歳）

母が不思議そうな顔をして、私を見詰めている。「いつの間にか、並んで化粧なんかするようになったのねえ。ついこの前、生まれたばかりだと思っていたのに」

「私、もう38歳だよ」。そう言うと、母は驚き、それじゃ、私も年を取るわけだ、というような顔をした。

母は化粧を欠かさない。どんなに忙しくても、体調があまり優れないときでも、「化粧は女のたしなみ」と言わんばかりに、毎日鏡の前に座る。いつもきちんと化粧をして、身ぎれいにしている母のことを、私は格好いいと思っている。

化粧は、母にとって一日が始まるスイッチ。アイラインを一つ引いただけで、気持ちがシャンとするそうだ。「自分の顔」の出来上がりというわけなのだろう。

その上、母は父が仕事から戻るまで、決して化粧を落とさない。どんなに遅くなってもだ。

ここまで女のたしなみを徹底していることに感心して褒めると、「突然、お父さんが救急車で運ばれたと連絡が来ても、化粧していなかったら病院に行けないもの」と言った。

化粧とお父さん、どっちが大切なのだろうか。

（2013・2・6）

運と災難

猪狩淑子（大崎市・無職　75歳）

「いつまでもあると思うな親と金　ないと思うな運と災難」。正月三が日の朝、布団の中で聞いていたラジオから流れてきた言葉がとても気になった。

「あると思うな親と金」はよく耳にするが、「ないと思うな運と災難」はあまり聞かない。それ以来ずっと頭から離れないでいる。

運はともかく、災難は何とか避けたい。今までも、小さな運と災難は何度かあったのだろうが、そうとは感じないで素通りしてきたのかもしれない。

昨年秋に体験した小さな出来事を思い出した。

エコカー減税制度を利用して、車を買い替えた。小さくとも新車を買ったうれしさから、神社で安全祈願をしてもらった。だが、頂いたお札の名前とナンバーの文字の不鮮明さに不吉な予感がした。

それから2カ月ほどたったある日、自宅前の駐車場で、止めてあった知人の車にぶつけてしまった。予感が的中したかと落ち込んだが、幸い保険が適用されて、持ち出しは最小限で済んだ。

なるほど、これが「ないと思うな運と災難」かと、一人で納得している。

（2013・2・11）

夫の誕生日

菅野章子（仙台市宮城野区・パート 61歳）

その日が夫の誕生日だと気付いたのは、夫が出勤した後だった。誕生日に何かするという習慣は今までなかった。でも、ちょうど60歳だし、買い物のついでに花を買おうと思ったものの、つい忘れてしまった。

何もないので、帰宅した夫に「誕生日おめでとう」ととびっきりの笑顔で言うと、「今日で定年退職だ」という言葉が返ってきた。

60歳定年とは聞いていたが、まさか誕生日当日が退職の日だとは思いもしなかった。驚く私に「勤続32年、小さな会社だが、倒産にも遭わないで勤め上げられたのは幸運だった」と夫は言った。翌日からは嘱託として引き続き働くという。

大学を中退してアルバイトをしていた夫は、結婚を機に仙台で就職し、3人の子どもをもうけた。この春には末の子が大学を卒業して就職する予定で、卒業式に夫婦で出席するのを楽しみにしている。

夕食後、3人の息子たちにメールで夫の定年を伝えた。「おめでとうと伝えて」と、みんなから返信があった。

ことしの夫の誕生日は、晴れの定年退職の日だったにもかかわらず、いささか無関心過ぎたかもしれない。反省しつつも、ささやかな幸せをかみしめることができた。

（2013・2・18）

お世話になりました

野々脇郁恵（広島市佐伯区・主婦　55歳）

1月に夫の転勤で仙台から広島に戻りました。仙台の皆さんには大変お世話になりました。仙台では13年も過ごしました。「第二の故郷」と言っても過言ではありません。一昨年の東日本大震災も経験しました。あのときの絆は忘れることができません。誰もが自分よりも周りのことを気遣っていました。これぞ「東北魂」と感じました。

病気になったり、つらいこともあったりしましたが、楽しいことの方が多かったように思います。東北楽天ゴールデンイーグルスの応援にもよく行きました。仙台にいるときにイーグルスが誕生したことがうれしかったです。会社が球場の近くだったので、仕事が終わってから観戦することも度々でした。交流戦の広島戦だけはカープファンに戻り、ライト側で応援しました。

これからは、広島市のマツダスタジアムで思いっ切りカープを応援します。楽天と広島が日本シリーズで戦うのが夢ですね。

住所はいまだに「仙台市」と書き始めてしまうし、全国の天気予報も仙台を最初に見ます。仙台を忘れることはないでしょう。ありがとうございました。皆さん、お元気で。

（2013・2・23）

素晴らしい ありがとう

佐藤妙子（仙台市宮城野区・主婦 70歳）

かかりつけの医院に通う夫は、腕の血管が細く、注射針を刺す所を見つけるのが大変なようです。

先日も看護師さんが苦労して採血と栄養剤の注入をしてくれました。無事終わると、夫はニコニコしながら「素晴らしい。ありがとう」と大声でお礼を言いました。少し離れた所にいた私は驚きましたが、治療室に明るい空気と笑顔が広がりました。普段は冗談を言わないのに、ひと言でその場の雰囲気を一変させた夫を「偉いな」と思いました。


その数日前、仙台市内で大雪が降った日、通り掛かったアパートの入り口から道路までの通路を大きなスコップで雪かきしている小さな男の子を見掛けました。

「偉いねえ」と声を掛けると、黙々と雪を片付けています。すぐ後ろではお母さんが見守っていました。「偉いですね」。今度はお母さんに声を掛けると、「この子は褒められるのがうれしくて雪に道をつくっているんです」と笑顔で教えてくれました。この春小学1年生になるそうです。

このようにして社会性を身に付けていくのでしょう。私もこの子に「素晴らしい。ありがとう」と言ってあげたくなりました。


（2013・2・26）

ストレチアと夫

本郷紀子（名取市・自営業　72歳）

夫が2年前に買った鉢植えのストレチアが先日、花を咲かせました。早速、測量の仕事で長期出張中の夫に、写真をメールで送りました。

空を飛ぶ鳥にも似た花を咲かせるストレチアは、「極楽鳥花」ともいいます。買ったときは鮮やかな花が見事でしたが、その後、散ってしまいました。花屋さんによると、自宅で再度咲かせるのは大変難しいことなのだそうです。

それでも、この花に魅せられた夫は、自分の手でもう一度咲かせることを諦めませんでした。仕事柄、東北6県の建設現場などに長期間滞在することが多いのですが、出張から戻る度に、わが子のように世話をしてきました。

夫の思いが通じたのか、昨年8月ごろ、つぼみをつけました。私も大喜びしました。つぼみが膨らむと、「まだ咲かないか」と出張先から何度もメールで尋ねてきました。

開花の知らせに喜び勇んで帰ってきた夫は、いろいろな角度から花を眺めては、いとおしそうになで、「よく咲いてくれた」と語り掛けていました。

ところでお父さん、私にはお褒めの言葉はないのでしょうか。留守の間、世話をしたのは私ですよ。

（2013・2・27）

冬の調べ

佐々木美和（登米市・事務員 48歳）

私の住む登米市迫町では、防災無線から毎日定刻に音楽が流れます。朝7時が「野ばら」、正午が「エリーゼのために」。夕方4時半が「遠き山に日は落ちて」で、夜9時は「ふるさと」。4曲が時を知らせてくれます。今では生活の一部です。

嫁いで間もないころ、風邪をひいて部屋で寝ていました。西日の差し込む明るさで目が覚めたとき、聞こえてきたメロディーが「遠き山に日は落ちて」でした。新しい環境で体調を崩した心細さと憂いを感じさせる寂しげな調べに、思わず実家が恋しくなり泣いてしまいました。

実家へ向かう道は雪景色でした。20年以上も前のことですが、思い出すたびに、レモン汁が飛び散りキュッと身がすくむような切ない思いで胸がいっぱいになります。

実家は悠々と流れる北上川の対岸にあります。行きと帰りで水面の趣が違って見えたのは、私の気持ちが映っていたのかもしれません。

橋を渡り終えて見る光景は、中学のときに描いた絵と今も同じです。その場所に立つと、心が和みます。

雪の季節、オレンジ色の西日の中で聴く切ない調べは、いつまでも薄れることのない思い出をよみがえらせてくれます。

（2013・2・28）

満天の星

（2013年　春）

お兄さん

植木栄子（宮城県富谷町・主婦　37歳）

私は3姉妹の真ん中です。小さいころ、ずっと「お兄ちゃん」に憧れていました。18年前、姉が結婚し、念願の「お兄ちゃん」ができました。私より5歳年上の消防士。「かっこいいお兄ちゃん」です。私と妹は「お兄さん」と呼んで慕っていました。

誰にでも親切で、自分のことよりも相手のことを思いやる、とても優しい人でした。私と妹の子どもの面倒もよく見てくれました。車の免許を持たない母をいつも買い物に連れて行ってくれました。そして、口数の少ない父の良き話し相手。父はお兄さんを一番頼りにしているって、言っていました。

そんなお兄さんは、あの震災で仲間と共に殉職しました。私は、お人よしのお兄さんのことだから、その役を引き受けてしまったのかなと、今でも思っています。

きょうは三回忌。立派なお墓ができました。

お兄さん。お姉ちゃんと子どもたちは毎日頑張っています。どうぞ見守っていてください。お兄さんは、これからもずっとずっと私たちの家族、最高の「お兄ちゃん」です。

（2013・3・3）

古い家

舞嶽としゑ （大崎市・主婦 89歳）

東日本大震災の後、私が住む集落では新築の家がだいぶ増えた。その一方で空き家も目立ってきた。犬の散歩がてら近所を歩いてきた息子が「わが家が一番古いみたいだなあ」と言った。「もっと旧家で立派なお宅はあるよ」と答えたが、わが家ももう築60年だ。1978年の宮城県沖地震のときは屋根瓦が落下し、銅板屋根に替えた。その後シロアリの被害が見つかり土台などを修復した。あのままにしていたら今回の大震災でつぶれていたかもしれない。

最近は新築となると、全て工務店任せにすることが多いようだ。わが家を建てたときは夫が冬、木びき職人と山に行って木を選んで伐採し、牛車で運んだ。製材後、春に着工した。

その年の暮れに、戸や障子があるだけで、畳は寝室のみという新居に入った。電気設備が間に合わず、ランプをともした。電気だけではない。戦後の「無い無い尽くし」の生活だった。今では想像もできない。

新居で暮らし始めた翌朝、猛吹雪が吹き込み、台所が真っ白になった。以来、泣き笑いしながら暮らしてきたわが家。もう少し私に付き合ってほしいと思っている。

（2013・3・5）

バント

塚田妙（仙台市青葉区・主婦　52歳）

野球のシーズンが間もなく始まる。甲子園の高校野球は、いつも東北のチームを応援する。プロ野球にも関心がある。

試合を見ていて、バントが面白い。仲間を進塁させたり、自分も出塁したりする。バントの場面を見ると、20代後半のころ勤めていた職場のソフトボール大会を思い出す。

1度だけ試合に出場した。守備に就かず打つだけの役割だった。

せめてバットをボールに当てて前に転がさないと、守備をしない分、申し訳ないと焦った。3球三振を2度してしまい、落ち込んだ。

4点差で負けていた最終回の裏の攻撃、先頭で打席が回ってきた。「三振したら嫌だ」と不安になった。敗色濃厚で沈みがちなベンチから監督を務める上司の「1球待て」という指示があった。

1球見送った後の2球目、バットを当てにいった。ボールが転がり、夢中で走った。セーフになった。その後、連打と本塁打が出て、逆転サヨナラ勝ちした。私が殊勲者のようになり、「バントみたいな打ち方が良かった」と褒めてもらった。

バントのつもりはなかったが、20年以上たっても、昨日のことのように思い浮かぶ楽しい思い出だ。

（2013・3・10）

休肝日

小関キミ子（仙台市泉区・主婦 69歳）

「俺から『飲む』を取ったら、何も無い。飲むのも健康のもとだ」。夫はそう豪語する。年中無休の「アルコール人生」だが、大病をしたことはない。ありがたいことだけれど、もう若くはない。月に1度でいいから「休肝日」を決めたら、と口が酸っぱくなるほど言っても、聞く耳を持たない。毎晩、ビールや焼酎を飲んでいる。

習い事の仲間とのちょっと遅い新年会の席で、家族の話になった。わが家の「飲んべえ」の話をしたら、「それは依存症だよ」と脅された。

帰宅してすぐ、夫にその話をちょっとだけした。上の空で聞いていたと思ったら、数日後、突然「今日はすぐご飯を食べる」と言い出した。例の話が効いたかどうかは分からないが、自分の耳を疑った。

「体の具合でも悪いの?」とかえって心配になってしまった。その日のご飯は久しぶりにおいしかった。食後の片付けもスムーズに済み、ゆっくりすることができた。

「毎日、こうだといいんだけど」と思わず口にしてしまった。

その翌日、夫は前日の分を取り戻すかのように、アルコールを補給した。次の休肝日はいつになるのだろう。

（2013・3・11）

地球儀

小田島佑子（仙台市泉区・主婦 72歳）

先日、地球儀を買いました。新聞やテレビでカタカナの国名や地名を見聞きするたびに、どこにあるのか分からずに内容を聞き流すことが多く、そんな自分がもどかしくなったからです。

地球儀ならば立体的で一番分かりやすいのではないかと思いました。これに世界地図があれば、遺跡や川、山などの位置も一目瞭然に分かると思います。

今は、テレビで知らない国名が流れると、必死になって地球儀を回しています。聞いたことのある国を見つけると「ああ、こんなところにあるんだ」と、思わず見入ってしまいます。ワールド・ベースボール・クラシック（ＷＢＣ）の日本の対戦国はどの辺りにあるのだろうなどと〝寄り道〟してしまうことも。地球儀を回しているうちに、初めに探していた国名を忘れて何周もしてしまうこともあります。

地球上には、こんなにもたくさんの国があるということを再認識できました。時間があるときには、地球儀で世界一周の旅に出掛けています。次は見やすくて、探しやすい世界地図を手元に置くことを考えています。

（2013・3・16）

私の「終活」

阿部二三子（東松島市・無職 78歳）

昨年の流行語大賞のトップ10に入った「終活」。人生の終わりが近づき、自分の葬式の準備をはじめ身の回りの整理をすることだそうです。

母親の逝った年が近くなるにつれて、今、自分が何をしなければならないのかを考えます。思い浮かぶのは、残された人たちに迷惑を掛けないようにすることです。これまでに読んだ本や、20代から書き続けてきた日記、好きで作ってきた「俳句ノート」など、整理すべきものが山のようにあります。

今までしまい込んでいた物もいろいろと出てきました。中には思い出の品もありましたが、思い切って捨てました。衣類も、しばらく袖を通していない物は処分することにしました。

最近は流行の品を気にすることもありません。買うのは下着と靴下くらいです。

東日本大震災の津波で、着物やアルバム、日記などを失った友人がいます。「古い着物にはいろいろな思い出もあったので残念だ」と肩を落としていました。

整理しているうちに、人間一人が生活するのにこんなに多くの物が要るのかとつくづく感じます。私の終活はまだまだ続きます。

（2013・3・22）

ときめき

山家美佐子（宮城県蔵王町・酪農業 55歳）

近くにケーキ屋さんができたと友達から聞き、早速行ってみた。雨模様だったので客は少なく、駐車場は私の車だけ。ガラス戸を開けると、目の前にショーケースがあった。

横に若い男性の店員が立っていた。ケーキ屋さんの店員は女性という先入観があったので、一瞬戸惑った。同時に、自分の身なりが気になりだした。お昼に友達と食べた焼きそばの青のりなどが歯に付いてはいないだろうか。おまけに、髪や顔もチェックしていない。

そんな心中穏やかでない私の方を向いて、彼は商品の説明をしてくれる。わが家は女の子しかいないので、若い男性が至近距離に立つと過度に緊張してしまう。ニコニコと笑顔を振りまいてくれるが、こちらの笑顔は引きつりそうだった。手近な焼き菓子10個を注文し、袋に入れてもらうと、そそくさと店を出た。

雨は強くなっていた。車までダッシュで行こうと思い、袋を抱え直すと、頭上に傘が開いた。振り向いたら、あの店員が立っていた。

まるで映画のワンシーンのようだ。顔が赤くなるのが自分でも分かった。車までのほんの数歩、歩調を合わせて歩いた。遠い昔に忘れてしまったダンスのようだった。

（2013・3・28）

将棋

庄司富士子（仙台市宮城野区・主婦 78歳）

１９７０年代、私たち一家は盛岡市に住んでいた。冬は毎日のように雪が降り続き、当時小学生だった息子２人は外に出られず体を持て余し、家の中で暴れ回った。

頭が痛くなるほどのうるささに我慢できなくなった。静かにさせる方法はないかと考え、将棋を教えてみようかと思いついた。

早速デパートに行って将棋盤と駒を購入。「はさみ将棋」を教えた。２人とも興味を持ったらしいので、本格的な将棋のルールをうろ覚えながら教えてみた。すぐに覚えた。途端に家の中は静かになった。

時折、負けた方が悔しがって、盤をひっくり返したり、駒を投げつけたりした。でも、教えた効果はあったと思った。

その後、夫の転勤で転居を繰り返した。子どもたちも成長するに従って忙しくなり、いつの間にか将棋は忘れ去られていた。

最近は盆と正月にやって来る２人の家族が静かだと思うと、いつの間にか将棋を指している。子ども同士だったり、父と子だったり。

静かにさせたい一心で思いついた将棋がこんなところで続いていたのかとおかしくなった。今ならゲーム機など遊ぶ物はたくさんあるのに。

（２０１３・３・30）

満天の星空

高橋道子（仙台市泉区・主婦　48歳）

仙台市天文台で、3月に開かれていたスペシャルプラネタリウム「東日本大震災から2年～星空とともに」を見に行った。２０１１年3月11日の星空を再現するという。

家の明かりも街のネオンも、街灯さえも消えた真っ暗な中、たくさんの星が輝いていた、あの日の満天の星空を私は一生忘れないだろう。

地震のあった時刻から、夕暮れ、日没、そして夜へと時が流れ、空の様子が再現された。雪が降った後、満天の星でいっぱいになった。

あの日の星空がよみがえると、「ティータイム」などに寄せられた一般市民の投稿文が朗読された。「流れ星は人が亡くなったときに現れるという。あの日は流れ星がたくさん見られた」「輝く星は亡くなった人が迷わないように明るく照らす道しるべ」などという文だった。

あの夜、屋外で不安な思いをしながら星空を見上げた人は、いったいどのくらいいたのだろう。どんな思いで朝が来るのを待っていたのだろう。その人たちのことを思うと胸が張り裂けるようで、涙がこぼれた。

昨年に続いて2回目の企画だそうだ。あのような状況で満天の星を見たくはないが、皆が忘れないために、来年もやってほしい。

（２０１３・４・２）

戻ってきた写真

小幡祥子（仙台市太白区・主婦　67歳）

東日本大震災の津波で流された写真の洗浄作業などに携わっている震災復興ボランティア団体「おもいでかえる」が、思い出の品を持ち主に返そうと、仙台市内で展示会を開いていることを知りました。

仙台市宮城野区蒲生にあったわが家も流されてしまい、土台しか残りませんでした。昔の思い出になるものは何一つ残っていません。あまり期待もせず、展示物や写真などを見て回っていたら、ありました。

震災前、箱に入れて物置に置いていた古い写真です。家族が写った写真の一部が展示されていたのです。展示会に2回通って、合わせて20枚くらい見つけました。

母屋にあった新しい写真は全く見つかりませんでした。家と一緒に、海のどこかに沈んでいるのでしょうか。

見つかった写真は泥の跡が残っていたり、不鮮明なものもあったりしましたが、きれいに修復されたものも数枚ありました。

がれきや泥の中から見つけ出して、きれいにしてくれたのでしょう。ありがたいことです。夫や私、息子と娘のこんな時代があったっけ？　と思うような写真も見つかりました。うれしかったです。

（2013・4・3）

朝のひととき

宇佐美こまん（宮城県蔵王町・農業　75歳）

けさも4時に起きて玄関の戸を開けると、まん丸のお月さま。向かい側の学校の土手にある大きな桜の木のちょうど真上に掛かっています。

門の前には、3時半に届く新聞が山と積まれ、4時半には一番早い配達員、5時に2人目、その次がわが家の長男、続いて中学生2人の計5人が配りに出かけて行くのです。

都合が悪ければ、夫と私も代わりに配ります。私は前のお宅に1部配達し、1部を家に持ってきて、5時半までゆっくりと読むのです。4月半ばになれば、果物の摘花や玉すぐり、野菜の手入れが始まり忙しくなるので、ゆっくり新聞を読む早朝のひとときも、あと少しの間です。

夜は10時に寝て、6時間熟睡するのが自分の健康の秘けつと自負していましたが、考えてみると、もう年に不足はありません。昨夜は7時ごろから「どうれ、少し寝るかな」と、こたつに入ったまま横になったらついうとうとと。夫はテレビを消して部屋を出ていきました。安心したのか1時間ほどうたた寝してしまい、縫い物ができなくなって少し損をしたような気分になりました。

でも、これも当たり前なのかなと思います。震災で被災された方々のことを思えば幸せなんだ、本当に。

（2013・4・5）

印鑑

佐々木隆子（大崎市・無職　78歳）

今も手にしている印鑑は、高校2年のある日、Tちゃんからプレゼントされたものです。水牛の角に「佐々木」と彫られた楕円（だえん）形。長い方の直径で1㌢未満なのでペンケースに入れても邪魔になりません。高校時代、奨学金を受け取る際には不可欠となり、貯金通帳の判もこちらに合わせて改めました。

寮生活だった大学時代は通帳と共に肌身離さず持ち歩き、教職に就いてからも、生徒の通信簿などの認め印としてフルに活用しました。

祖父の遺産相続で印鑑証明が必要になった時、役場に登録に行ったところ、寸法が規格外で受け付けられなかったこともありました。この時は、仕方なく大きさが規格に合う実印をこしらえて間に合わせました。

いつか自分の姓が変わるまでと思っていましたが、偶然にも同姓の人との結婚で改姓はなし。周りの人からは「はんこ代もうかったね」と言われたりもしました。

ほんとうにそうです。Tちゃんからの印鑑が幸をもたらしてくれていたのです、きっと。高校時代から63年。人であれば還暦を過ぎた今でも働いてくれているのです。

Tちゃん、ありがとう。印鑑とともに健在です。

（2013・4・6）

一目千本桜

和田遥花（仙台市太白区・高校1年　15歳）

昨年の春、母と二人で一目千本桜を見に行った。桜並木にさし掛かると、電車が速度を落とし車内から歓声が上がった。

船岡駅で降りて大河原駅まで、桜吹雪の舞う堤防沿いをゆっくりと歩いた。写真を撮りながら「来年もまた来ようね」と、はしゃぐ私に母は「来年は晴れ晴れとした気持ちで桜を見られるといいね」と言った。あぁ、そうか。来年の今ごろは受験も終わり高校生になってるんだ…と期待と不安の入り混じった複雑な気持ちで桜を見上げたのを覚えている。

そのころは中学3年生になりたてで、部活動に委員会に応援団にと、忙しい毎日を送り、受験なんてずっと先のことだと考えていた。

桜は遠目に見るとどれも同じだけれど、実は一本一本全く違う。幹の太さ、枝の張り方、花の色や香りまで、それぞれに個性がある。そしてどれも長い冬を乗り越えて花を咲かせる。一見、同じような学校の制服に身を包んだ私たちも、本当はみんな違った個性を持つ存在なのだ。

うれしいことに、この春、私はずっと憧れ続けていた高校に合格した。もうすぐ桜の季節。「私もサクラ咲いたよ」と報告しに一目千本桜に会いに行きたいと思っている。

（2013・4・7）

セッコク

高橋みよの（仙台市太白区・パート58歳）

あの大震災から3度目の春を迎えた。大津波を必死に逃げたのが、つい昨日のことのような、遠い夢のような不思議な気持ちだ。更地となったわが家の跡地には、津波に耐えた庭木や草花がわびしく残っている。真っ先に咲いたのは、ことしもまたスイセンだった。

震災の年、庭石のくぼみに植え付けたセッコクが、それまでにないほどたくさんの白い花を付けたのを思い出す。十数年かけ少しずつ増やしていった私のお気に入りの花の一つだった。真っ黒な泥水をかぶり、枯れてだめになるだろうと思っていたのでその強さに驚いた。

忙しさにかまけ、手入れもせず放っておいたため、昨年は株が半分ぐらいに減ってしまい、咲いた花は数えるぐらいだった。

手をかけてあげようと思いつつ2年が過ぎ、先日やっと重い腰を上げ庭石からはがして仮住まいに持ち帰った。やせ細って枯れかかっているようにも見え、もっと早く世話をしていればと後悔した。

園芸業の兄にアドバイスをもらい、どこにでも持っていけるよう木枠に植え替えた。わが家の再建とともにセッコクも再生してほしい。そう願いながら毎日眺めている。

（2013・4・11）

あとがき

河北新報朝刊くらし面の女性の投稿欄「ティータイム」は、2011年3月11日の東日本大震災の後に、約1カ月間、コーナーを閉じました。再開したのは4月11日です。

再開して最初の掲載、当時小学2年の伊藤さよ子さんの投稿は、「わたしの家はいっしゅんで、ながされていきました」と、被災の様子を生々しく描いています。余震が続く中、力を振り絞って書いたことでしょう。

次々に被災体験が寄せられます。強い気持ちで被災者支援に当たっていた夫がふとした時に涙を流す。若くして天国に行った妹に、姉が「見守っていてね」と語り掛ける。「ティータイム」に、以前とは違った世界が広がりました。

この年の夏ごろ、「やっとペンを執る気持ちになりました」という投稿が来るようになりました。当たり前の日常の大切さが分かったという声も多くなってきます。前を向いて歩き出した様子をつづった投稿が目立つようになるのは、震災から半年たった秋以降でしょうか。投稿者の筆は、震災後の社会の変化を映します。

「ティータイム」が始まったのは、1961年5月。夕刊紙面でした。72年に朝刊に移り、今まで続いています。この間に6回、『女の文箱《ふばこ》』のタイトルで投稿が本にまとめられ、出版されています。

『女の文箱　わたしの句読点』の名で刊行された今回は、震災に関連した投稿を中心に2011年4月11日から2013年4月11日までの253編を収めました。過去の『女の文箱』とはかなり色彩が異なるものになりました。震災関連だけでなく、趣味や仕事、交友などの話題も載せました。当たり前の日常の大切さを、これらの投稿からくみ取っていただければ幸いです。

投稿してくださった方の名前、住所、職業、年齢は紙面掲載当時のままとしました。

2013年8月

河北新報社編集局長

鈴木素雄

や行

わ行

た行

さくいん

あ行

女の文《ふ》箱《ばこ》
わたしの句読点

発　行――――2013年8月11日　第1刷

編　集――――河北新報社編集局
発行者――――岩瀬　昭典
発行所――――河北新報出版センター
〒980-0022
仙台市青葉区五橋1丁目2−28
河北新報総合サービス内
TEL　022-214-3811
FAX　022-227-7666
http://www.kahoku.ss.co.jp

印刷所――――凸版印刷株式会社　東日本事業部

定価は表紙カバーに表示してあります。
乱丁･落丁本はお取替えいたします。

ISBN　978-4-87341-298-6